Liebe im Schatten der dunklen Flaggen

Halim Youssef

Roman

Übersetzung aus dem Kurdischen von
Elisabeth Ruetz

sujet verlag

Original Titel
Firîna bi baskên şikestî, Helîm Yûsiv
Peywend Verlag – Istanbul
1. Auflage 2019, 3. Auflage 2025

CIP - Titelaufnahme in die Deutsche Nationalbibliothek

Halim Youssef
Kobane, Liebe im Schatten der dunklen Flaggen
Aus dem Kurdischen übersetzt von Elisabeth Ruetz

ISBN: 978-3-96202-151-1

Lektorat: Monika Dietrich-Lüders
Umschlaggestaltung: Kai Kullen
Layout: Sujet Verlag
Druckvorstufe: Sujet Verlag, Bremen
Printed in Europe
1. Auflage Herbst 2025

www.sujet-verlag.de

Spät in der Nacht lag Ruhe über Kobane. Auf dem Stadtfriedhof öffnete Hadi Kino die Tür seiner Grabkammer, stellte seine Kamera vor sich ab und legte sich auf den grünen Rasen. Die leisen Geräusche, die er dabei verursachte, lockten auch seinen Nachbarn Burhan Emin hervor. Burhan schob ebenfalls die Tür seines Grabes auf. Er war ein alter Freund, mit dem Hadi schon an vielen Projekten gearbeitet hatte, damals im Leben wie auch jetzt, da sie selbst zu einer der Geschichten geworden waren, die sie von anderen für ein Filmprojekt gesammelt hatten. Die beiden hatten nun im Kerzenlicht ihrer Gräber unendlich viel Zeit für endlose Diskussionen. Doch es war schon lange her, dass sie in der erschreckend kurzen Zeit ihres Lebens miteinander gesprochen hatten. Diese Gespräche hatten ihren Anfang genommen, als Hadi Filmregie an der Universität studiert hatte, und waren seitdem stetig fortgeführt worden. Damals sann Burhan darüber nach, das Schreiben von Gedichten aufzugeben. Er sah sein Dasein als Dichter als gescheitert. Doch dies wollte ihm nicht gelingen. Wie mit der Poesie hatte er auch mit seinem Universitätsstudium keinen Erfolg gehabt. Hadi im Gegensatz, hatte große Träume für sie beide gehabt und er glaubte fest daran, dass sie gemeinsam in der Lage sein würden, großartige Dinge zu tun. Er würde die Kamera führen und Szenen aufnehmen, und Burhan sollte Drehbücher für ihre Projekte schreiben. Ihr gemeinsamer Plan war es schließlich, ihren Lebensunterhalt mit der Arbeit als Journalisten und durch die Zusammenarbeit mit verschiedenen Fernsehsendern zu verdienen. So würden sie ihre künstlerischen Aktivitäten fortsetzen können.

Der erste Vorfall, der beide tief erschüttert hatte, war der Selbstmord eines Sängers gewesen, der ihnen nahe gestanden hatte und aus derselben Stadt stammte, aus der auch sie kamen. Was stimmte in diesem Land nicht, dass ein junger Sänger, der seine ganze Zukunft noch vor sich hatte, seinen eigenen Tod als einzige Lösung sah? Diese Frage hatte Hadi und Burhan verstört und lange beschäftigt und die Idee zu einem neuen Filmprojekt keimte auf. Aber wie sie diese Erschütterung in einem Film zum Ausdruck bringen konnten, war nun Gegenstand vieler Debatten. Sie hatten viele Ideen und Wege diskutiert, um ein Ergebnis zu erzielen, mit dem sie beide zufrieden sein konnten, waren in diesem Vorhaben aber zuerst erfolglos geblieben. Burhan war nicht eins mit sich, fühlte sich angesichts dieser Herausforderung verunsichert. Ihr erster gemeinsamer Film würde von einem Selbstmord handeln, vom Selbstmord eines Künstlers in einem von Krieg heimgesuchten Land. Er wollte mit der Darstellung des Suizids des Sängers zeigen, wie schwer es den Menschen in diesem Land durch Krieg und Verwüstung gemacht wurde, in Frieden zu leben.

Zudem verstrickten sich Hadi und Burhan in einer Debatte darüber, ob der Film ein Dokumentarfilm werden oder ein Schauspieler die Rolle des Sängers verkörpern sollte. Bevor sie jedoch zu einer Einigung kamen und Hadi mit den Dreharbeiten beginnen konnte, geriet das Thema des Films durch die nachfolgenden, erschütternden Ereignisse um sie herum völlig in Vergessenheit. Anstatt sich mit dem Tod eines einzelnen Künstlers oder Menschen zu befassen, wurden sie von den furchtbaren Geschehnissen mit den Schicksalen von Dutzenden von Getöteten überhäuft, deren Geschichten von überlebenden Angehörigen oder Augenzeugen Tag für Tag an sie herangetragen wurden. Ebenso nahe sahen sie sich plötzlich selbst der Gefahr des Todes. Einer von ihnen könnte in jedem Moment das Ziel einer unbekannten Kugel werden und sein Leben verlieren. Das Chaos, das die IS-Milizen, die ihre dunklen Flaggen wie ein unheilvolles Versprechen vor sich hertrugen, über die Heimatstadt der beiden Freunde brachten, und die Todesbriefe, die Hadi und Burhan täglich von den feindlichen Milizen zugesandt wurden, trieben sie in große Angst. Die Briefe waren voller Drohungen, jegliche freien Gedanken abzulegen und sich stattdessen den Gesetzen des Islamischen Staates zu fügen. Als Journalisten galt es, sich vollständig in den Dienst der neuen Propaganda zu stellen und Informationen, Nachrichten und Projekte nur in deren Sinn und nach deren Narrativ zu verfassen und zu veröffentlichen. Wer sich nicht an diese Gesetze hielt, müsse mit dem Tod rechnen. Aber Hadi und Burhan hielten an ihrem Filmprojekt fest und zwischen dem Dröhnen von Kampfflugzeugen und den Erschütterungen von Explosionen sprach Hadi mit Burhan über sein Lebensprojekt:

„Ich werde die Ereignisse, wie sie in meiner Stadt passieren, filmen. Dazu brauche ich deine Hilfe. Die Kamera kann ich führen, aber die nötigen Texte dazu solltest du schreiben."

„In diesem Fall benötigen wir womöglich gar kein Drehbuch. Es würde ausreichen, wenn jemand die Kamera bedient und alles aufnimmt."

Burhans Worte bestärkten Hadi weiter in seinen Plänen. Kürzlich hatte er mit Hassan telefoniert, einem Telefon-Reparateur aus Kobane, der gerade in Deutschland angekommen war:

„Obwohl ich kein Deutsch spreche, wird heutzutage

der Name Kobane in ihren Medien öfters verwendet als der Name ihrer Hauptstadt Berlin. Die ganze Welt kennt jetzt unsere Stadt."

Außerdem wurden Hadi einige Videos der Unterstützungsmärsche und Demonstrationen zugesandt, die in den Straßen Europas stattfanden, zudem fremdsprachige Lieder über Kobane selbst. Allmählich nahm der Inhalt des Films in seinem Kopf immer klarer und deutlicher Gestalt an. Beim Gespräch mit Burhan wollte er nun die Grundlage seines Traums, die Themen seines Films, endgültig formen und die Teile zusammenführen.

„Sollen wir mit dem Anfang des Krieges in Syrien beginnen oder die vorangegangenen geschichtlichen Ereignisse aufgreifen?"

„Meiner Meinung nach wird es nicht nötig sein, den geschichtlichen Verlauf und die Situation vor dem Krieg zu beschreiben und zu erklären."

„Soll der Film nicht auf der ganzen Welt gesehen und verstanden werden?"

„Natürlich. Aber die Situation hier ist doch bereits auf der ganzen Welt bekannt."

„In meinen und deinen Augen schon, aber nicht jeder kennt die Geschichte dieses Gebiets."

„Dennoch wird es für den Anfang wohl besser sein, nur in kleinen Schritten zu denken, anstatt das Gesamtbild anzustreben."

Hadi sagte leise zu sich selbst:"Ja, aber wir sollten

nicht zu lokal und in zu kleinen Kreisen denken."

„Dein Traum ist sehr groß, aber wir stehen noch am Anfang und ohne Erfahrung da."

Burhan sagte diesen Satz etwas zögerlich, aber mit einem leichten Lächeln. Er wollte Hadi sanft aus seinen Träumen holen und auf den Grund der Realität seines täglichen Lebens zurückbringen, das sich vor seinen Augen abspielte. Einerseits waren sie zwei junge Männer mit Kamera und Kugelschreiber, unter Tausenden von Attentätern, bewaffneten Männern und ausgebildeten Kämpfern. Andererseits befanden sie sich in einem Zustand, in dem sie selbst nicht genau identifizieren konnten, ob sie lebten oder bereits tot waren. Insbesondere in diesen Momenten, in denen sie vor ihren Gräbern miteinander sprachen und am Ende einer Diskussion jeder von ihnen die Tür des eigenen Grabes hinter sich schließen und mit sich selbst und seinen Schmerzen und Sorgen alleingelassen nach unten gehen musste. Wie konnte es sein, dass ihre Gedanken so wach, ihr Schmerz so real war, wo doch den Toten ein friedliches Dasein nach einem turbulenten Leben versprochen wurde? Es fühlte sich nicht an, als würden sie in Frieden ruhen, doch sie schliefen in Grabkammern und sprachen mit den anderen Toten, während die Lebenden wie Geister an ihnen vorbeizogen, geschockt und gezeichnet von dem, was passiert war.

Burhan war nicht gegen Hadis Projekt gewesen, aber gleichzeitig mochte er Hadis ausufernde Träume als Regisseur nicht sonderlich. Schon bevor die Dreharbeiten überhaupt beginnen konnten, hatte Hadi über die Teilnahme an internationalen Filmfestivals und Wettbewerben gesprochen. Sein Traum, mit seinem Film Weltruhm zu erlangen und damit Preise gewinnen zu können, beunruhigte Burhan. Es fiel ihm schwer, sich an diese wiederkehrenden Diskussionen zu gewöhnen. Doch die Differenzen ihrer Ansichten und Wünsche drängte sie weiter zusammen, statt sie im Streit zu entzweien. So waren sie trotz allem dazu übergegangen, Schritt für Schritt ihre Ideen und Gedanken in einem filmischen Plan zu organisieren.

Die nächste Hürde und Debatte folgte alsbald, denn die Diskussion darüber, wer an ihrem Film beteiligt sein sollte, war noch nicht abgeschlossen. Hadi wollte vielen Menschen eine Stimme geben, viele sprechen und zu Wort kommen lassen. Burhan hingegen gedachte, die Geschichte der Stadt durch eine einzige Familie erzählen zu lassen und dadurch ins Leben zurückzurufen. Wie so oft war Hadi gegenteiliger Meinung. Als Kompromiss einigten sie sich darauf, dass neben Rodi und seiner Schwester Cihan, die sie während der Kriegsereignisse der ersten Angriffe auf Kobane im kurdischen Sprach- und Kulturzentrum kennengelernt hatten und deren Familie

Bekanntheit in Kobane hatte, nicht nur Menschen zu Wort kommen sollten. Auch der Walnussbaum, ein stummer Beobachter, sollte seine Geschichte durch sie erzählen können. Hier begann eine weitere Diskussion über die Fähigkeit oder Unfähigkeit eines Baumes, seine Erfahrungen auszudrücken. Am Ende stimmten sie sich aber gegenseitig zu, dass es gut war, viele sprechen und alle schrecklichen Ereignisse erzählen zu lassen. Beim Schneiden und Bearbeiten würde es dann ausreichend Material geben, das sie auswählen und verwenden könnten.

Hadi und Burhan beschlossen, die erste Explosion, die sich in der Nähe des „Roten Halbmonds" in ihrer Stadt ereignet hatte, als Aufhänger für ihre Dokumentation zu verwenden.

Nachdem sie sich einig geworden waren, hatten sie schnell einen großer Teil ihrer Arbeit an ihrem Dokumentarfilm erledigen können. Die Interviews mit ausgewählten Bewohnern der Stadt waren bereits abgedreht, doch ihr unvorhergesehener Übergang aus dem Leben in ihr jetziges Dasein hatte ihnen eine neue Perspektive eröffnet, sodass sie beschlossen, ihrem Dokumentarfilm noch einen weiteren Aspekt, die Stimmen der Toten, hinzuzufügen.

Auch diese hatten Geschichten zu erzählen und von Ereignissen zu berichten. Doch ab hier verkomplizierte sich alles und die sonst so klaren Grenzen zwischen Lebenden und Toten, zwischen Friedhöfen und den Häusern der Menschen, verschwammen. Unter anderem wussten Hadi und Burhan manchmal nicht, wer wirklich lebte und wer schon tot war. Trotz allem setzten sie ihre Filmarbeit unbeirrt fort. Demnach mussten die beiden alle Beobachtungen und Erzählungen von Rodi, Cihan und dem Walnussbaum durchsehen, Wort für Wort betrachten und dann entscheiden, wie sie ihren Film schneiden und fertigen sollten. Es war bereits früher Morgen, als sich Regisseur Hadi und Drehbuchautor Burhan voneinander verabschiedeten und jeder zu seinem eigenen Grab zurückkehrte. Hadi schloss die Tür des Grabes und Burhan tat es ihm gleich. Jeder legte sein Ohr an die Brust der Stadt, um auf ihre Stimme zu hören.

Die „Kinder des Schmerzes" öffneten ihre Herzen und sprachen über sich selbst und ihre Erfahrungen mit der Stadt.

Erster Teil

Die Lebenden sprechen mit den Kameras über sich und ihre Toten

Rodi

Kobane trug in diesem März ein grünes Hemd. Auch das Mädchen, das in diesem Augenblick an mir vorbei ging, hatte die Farbe seiner Augen von diesem Hemd genommen. Das als Syrien bekannte Land war zu dieser Zeit Schauplatz großer Turbulenzen, genauso sehr wie mein Herz es war. Ob dies Zufall war, weiß ich nicht. Ich weiß nur, dass von nun an weder ich noch dieses Land Frieden und Trost finden würden. Diese Tatsache sollte mir von Tag zu Tag klarer werden.

Ja, ich bin Rodi, der Sohn dieses alten Landes, der Sohn der Ebene von Siruc und der Sohn hoher Berge, die ihre hoch erhobenen Häupter seit Hunderten von Jahren nicht mehr vor den Angriffen ihrer Feinde und Hasser geneigt haben. Mein Haupt versuchte es ihnen gleich zu tun und mein Herz maß sich an der Weite der Ebenen. In letzter Zeit verengte sich diese Weitsicht in meinem Herzen aber und zentrierte sich auf ein grünäugiges Mädchen. Als ich sie am Tag von Newroz, dem Fest des neuen Jahres, traf, lächelte ich gegen meinen Willen, weil ich mich an das schicksalhafte Treffen von Mem und seiner Geliebten Zin an einem Newroz-Tag vor Hunderten von Jahren erinnerte. Ich hatte erst kürzlich das Buch „Mem und Zin" von Ahmede Khani gelesen, in dem sich Mem und Zin an diesem schicksalhaften Newroz trafen und somit den Anfang der berühmten Liebesgeschichte besiegelten. Allerdings war ich skeptisch, ob es so ein schönes Mädchen überhaupt geben konnte. Ich hatte Angst, dass ich immer noch im Bann des Buches stand. Wie sehr wünschte ich mir die Gabe, meine Emotionen auf dieselbe Weise niederschreiben zu können, wie es in diesem Buch geschehen war. Trotz meiner grenzenlosen Liebe zum Lesen war ich nicht in der Lage, meine Gefühle, diese Momente, in denen ich mit meinem Blick in das Grün ihrer klaren Augen eintauchte, zu Papier zu bringen. Ich erinnere mich gut an den Ort sowie an die Zeit. Am Nachmittag neben dem Meshtanur-Hügel und unter dem beobachtenden Blick eines farbigen Vogels, der sein Nest in den Höhlen des Hügels gebaut hatte. Sowohl die Farbe des Vogels als auch die Farbe ihrer Augen blieben mir in Erinnerung. Alles andere verschwamm in einer Fata Morgana. Weder folgte ich ihr, noch habe ich versucht, mit ihr zu sprechen. Ein taubes und stummes Treffen also. Ein Moment, der stillstand, festgehalten wurde von der Ewigkeit, der das Rundherum an Bedeutung unwichtig machte. Vielleicht war das Mädchen ein Dämon oder ein Geist, denn sie lenkte meine Gedanken plötzlich auf mein an mir vorbeifliegendes Leben, das mich mahnte: Eigentlich sollte ich lernen, ich sollte mehr über das Zuschneiden und Nähen aller Arten von Kleidung lernen, um meine große Familie zu unterstützen. Wir waren elf Geschwister. Mein Platz war in der Mitte. Fünf - Muhammad, Ahmed, Sultan, Assad und Mahmud – waren älter und fünf - Adnan, Berivan, Gulistan, Shirin und Cihan – waren jünger als ich.

Wenn meine Mutter und mein Vater schwierige Situationen durchzustehen hatten, meinte mein Vater stets zu ihr: „Rodi hätte unser letztes Kind sein sollen."

Mein Vater war sich sicher gewesen, sechs Kinder ernähren zu können. Als wir dann elf Kinder wurden, war es unumgänglich, die erwachsen gewordenen Kinder durch ihre Mithilfe einzubinden. Ich war verpflichtet, der Familie auszuhelfen, indem ich Nähaufträge übernehmen sollte. Als meine jüngste Schwester Cihan hörte, dass ich das letzte Kind hätte sein sollen, fühlte sie sich nicht nur ein wenig unerwünscht und überflüssig. Da wir beide eine sehr enge geschwisterliche Bindung hatten, war sie auch verärgert darüber, dass ich nun aufgrund der familiären Situation umherziehen musste. Die Tatsache, dass ich allein in Kobane nicht genug Aufträge bekommen würde und deswegen zwischen Aleppo und Damaskus pendeln musste, hinterließ einen bitteren

Beigeschmack bei ihr. Doch auf diese Weise fand ich immer Arbeit.

Seit meiner Geburt sind nun 24 Jahre vergangen. Mein Leben in diesem Land war bisher unverändert geblieben. Meine Mutter sagte immer wieder: „Jahr für Jahr müssen wir feststellen, dass das letzte Jahr besser war."

Jedes Mal, wenn Schwierigkeiten auf uns zukamen, oder wenn ihre Krankheit sie wieder peinigte, wiederholte sie diese Worte wütend. Aber mit der Zeit dachten wir kaum noch an diesen Spruch. Ein Jahr war nicht mehr schlechter als das Jahr zuvor. Nur manchmal, wenn das Jahr vergangen war und einige schöne Erinnerungen hinterlassen hatte, wurden die Worte meiner Mutter wieder lebendig. Mein Gefühl ließ mich nicht los, dass es in diesem Land bald zu einem verheerenden Erdbeben kommen würde. Kein Erdbeben wie in Tunesien, Libyen und Ägypten, kein Frühling wie der ihre. Es waren schwarze Flaggen und deren Träger, die aus aller Welt zu uns kamen und sich um Kobane herum niederließen. Die Leute begannen von einer neuen Art von Kreatur zu munkeln und zu raunen, immer darauf bedacht, ihren Namen nicht laut auszusprechen. Von einer Kreatur, die weder Vogel noch Säugetier war, die weder Flügel noch Schwanz besaß. Einige sagten, dass sie wie eine Vogelart aussähe, schwarz wie eine Krähe, eine uralte

Krähe. Eine Krähe, über eintausendvierhundert Jahre alt. So alt, wie die Religion, die sie zu verbreiten gedachte. Einige behaupteten sogar, dass sie Soldaten Gottes wären und alle Menschen auf den rechten Weg des Islam zurückbringen wollten. Doch niemand wagte es, die Kreatur beim Namen zu nennen, sodass die Soldaten des „Islamischen Staates" als Krähen mit ihren schwarzen Flaggen oder als Langbärtige bezeichnet wurden, aber nicht als die Fanatiker und Dschihadisten und Mörder, die sie waren.

Von Großbritannien, Deutschland, Belgien, Frankreich, den Niederlanden, Australien, Kanada und den Vereinigten Staaten bis nach Tunesien, Algerien, Marokko, Ägypten, Jordanien, Libyen, China oder Tschetschenien kamen Dschihadisten in die Türkei. Dort wurden Pässe zur Erlaubnis des Grenzübertritts von den Behörden sehenden Auges abgestempelt und eine Einreise nach Syrien zugelassen. Die Grenzstädte markierten die letzten Stationen und Posten vor dem Gebiet des Islamischen Kalifats, wie seine Anhänger es nannten.

Aus allen Ecken der Welt wurden die schwarzen Krähen in unser Gebiet gebracht. Je mehr ich über die aus allen Nationen und Ländern der Welt Ankommenden nachdachte, umso schwärzer, blutiger und hässlicher wurde das Bild vor meinen Augen.

Vor meinen Augen war aber auch immer wieder

sie. Mein Treffen mit ihr an Newroz hat mein Leben ebenso verändert. Ihre grünen Augen hatten unauslöschliche Spuren in den Falten meiner Seele hinterlassen. Meine inneren Veränderungen drangen aber auch nach außen, denn mit meinem Verhalten erregte ich die Aufmerksamkeit meiner Mutter. Sie kam ängstlich zu mir.

„Was ist los mit dir, Rodi?"

„Was soll mit mir los sein, Mama?"

„Dein Gesicht ist ganz gelb. Bist du krank?"

„Nein."

Als meine Mutter mir in die Augen sah, fuhr ihr Schrei mir durch den Leib.

„Was ist mit deiner Augenfarbe passiert?"

„Überhaupt nichts."

„Deine Augen sind grün geworden! Das Licht in deinen Augen ist verschwunden!"

Meine Mutter rief eilig nach meinem Vater, der schnell aus dem anderen Raum zu uns eilte.

„Was ist passiert?"

Meine Mutter erzählte ihm hektisch von meinem Zustand.

„Sein Gesicht ist gelb, die Farbe seiner Augen ist grün geworden. Ich habe so etwas noch nie in meinem Leben gesehen!"

Sie bat meinen Vater sofort, mir aus verschiedenen Kräutern ein Medikament zuzubereiten. Mein Vater hatte aber zuerst noch eine Frage an mich.

„Tut es weh?“

„Nein, mir ist nur ein bisschen schwindlig.“

Beruhigend wandte er sich an meine Mutter. Er wollte ihre Sorgen etwas lindern.

„Es ist bestimmt nicht so schlimm. Es könnte der Stress rund um das Newroz-Fest sein. Oder es könnte eine Vergiftung vorliegen.“

Mein Vater war in der ganzen Stadt bekannt dafür, aus Kräutern verschiedene Medikamente herstellen zu können. Er fand zu jeder Krankheit auch die passende Kräutermischung, sodass jeder, der den Ärzten nicht vertraute, meinen Vater um Hilfe und ein Heilmittel gegen sein Leiden bat. Aber dieses Mal war kein Fremder der Patient, sondern ich selbst. In kürzester Zeit stand eine Tasse mit gekochten Kräutern dampfend vor mir, die ich trinken sollte. Ich selbst kannte meine Krankheit, wusste, wer diese hervorgerufen hatte und wie ich sie behandeln könnte. Doch weder meiner Mutter noch meinem Vater konnte ich davon erzählen.

Als mein Vater am nächsten Tag bemerkte, dass zwar die Gelbfärbung meiner Haut verschwunden war, sich das Grün meiner Augen dafür aber zusehends verdunkelt hatte, erschrak selbst er. Er zweifelte an seinen eigenen Fähigkeiten und verlangte, dass ich einen Arzt aufsuchen sollte. Mich selbst erschreckte weniger meine Veränderung, sondern vielmehr, wie sehr sich meine Eltern um mich sorgten. In einem

Moment, in dem ich allein war, wagte ich selbst einen Blick in den Spiegel. Das Grün meiner Augen wurde immer dunkler. Es überraschte mich, dass die Farbe der Augen einen derartigen Effekt auf Gesichtszüge und Wangen hat. Ich wurde zu einem anderen Mann. Nachdem ich mich nach einigen Augenblicken wiedergefunden hatte, wurde mir klar, warum meine Eltern sich so sehr erschreckt hatten. Vielleicht dachten sie, dass dies erst der Anfang von weiteren Veränderungen sein könnte, die sich dann nicht mehr aufhalten lassen würden. Also beschloss ich auf ihren Wunsch hin, den ältesten Arzt der Stadt aufzusuchen. Meine Eltern vertrauten ihm sehr, also konnte ich mich ihm ebenfalls anvertrauen. Er untersuchte mich von Kopf bis Fuß, verwendete dabei alle Überwachungs- und Testgeräte, die ihm zur Verfügung standen. Als er aber seine Untersuchungen abgeschlossen hatte, musste er gestehen:"Tatsächlich zeigen die Ergebnisse kein klares Bild und geben keine Hinweise auf eine körperliche Krankheit. Demnach kann ich nur sagen, dass Sie bei vollständiger Gesundheit sind. Der einzige Grund Ihres Leidens kann also nur eine psychische Ursache haben."

Bevor er aber zum Schluss kam, stellte er mir noch eine eigenartige Frage:"Sehen Sie Ihre Umgebung in grünlichen Farben?"

„Nein, es ist nur die Farbe meiner Augen, die grün geworden ist."

Der Arzt lachte erheitert.

„Dann gibt es wohl nur noch eine Möglichkeit. Es ist wohl möglich, dass Sie sich verliebt haben. Nur die Liebe kann dauerhafte Veränderungen mit sich bringen, ohne ein Gebrechen zu verursachen.“

Der Arzt beendete seine Ausführungen mit einem Lächeln und einem bedeutungsvollen Kopfnicken, ehe er sich dem nächsten Patienten widmete.

Mit diesen Worten wurden meine Gedanken unweigerlich wieder zu dem Mädchen mit den grünen Augen gezogen, das einen Funken in mir entfacht hatte. Aber mir wurde auch das Gewicht und die Tiefe der Worte bewusst, die der Arzt eben gesagt hatte und nun meine volle Aufmerksamkeit verlangten. Ich hätte aber nicht gewagt, zu offenbaren, dass er sowohl mein Leiden als auch meine Heilung entdeckt hatte. Aber was, wenn er direkt nach dem Mädchen gefragt hätte, das mir den Kopf verdreht hatte? Was hätte ich ihm dann geantwortet?

Auf dem Rückweg kam ich am Handyladen meines alten Freundes Hassan vorbei und beschloss, ihm einen Besuch abzustatten. Doch noch bevor ich seinen Laden betreten konnte, trat aus diesem das schlanke, schöne Mädchen mit den langen Haaren und den grünen Augen heraus. Das Mädchen erblickte mich, sah mich mit gleichgültigem Blick an. Ich tat so, als hätte ich sie nicht bemerkt.

Als ich schließlich Hassans Laden betrat, kreisten meine Gedanken einzig darum, herauszufinden, wer dieses Mädchen denn war.

„Wer war dieses Mädchen, Hassan?"

Hassan fing an, spöttisch zu lachen.

„Du bist aber lustig. Du kommst zu mir, um mehr über deine Nachbarin zu erfahren?"

„Ich habe dieses Mädchen erst zweimal gesehen. Einmal an Newroz und nun, als sie den Laden verlassen hat."

„Sie wohnt im gleichen Viertel wie du, in `Botan Xerbi`."

„Ich kenne doch nicht jeden, der in meiner Nähe wohnt."

„Stimmt. Das mag an deinen Reisen liegen. Du bist doch ständig unterwegs."

Nach einem langen Gespräch konnte ich von Hassan erfahren, dass ihr Name Perwin war. Sie war gekommen, um ihr Handy aufzuladen. Wir wohnten wirklich in der Nachbarschaft. Als ich ihn nach ihrer Telefonnummer fragte, die Hassan haben musste, weil Perwin seine Kundin war und diese bestimmt bei ihm hinterlegt hatte, antwortete er erneut mit einem Lächeln.

„Heute gebe ich dir ihre Telefonnummer und morgen wirst du mich fragen, wie du sie heiraten kannst."

„Nein, ich verspreche dir, das ist der letzte Gefallen, den ich von dir erbitte."

Hassan druckste erst herum, gab mir dann aber widerwillig die erfragte Nummer.

„Ärgere das Mädchen nicht!"

Nun, da ich Perwins Telefonnummer in Händen hielt, fühlte es sich an wie der Zugang zu einer der wichtigsten und gleichsam schwierigsten Prüfungen in meinem Leben. Ich wusste nicht, ob ich diese Prüfung erfolgreich bestehen oder scheitern würde, aber ich wusste, dass ich meinen ganzen Mut brauchen würde, um allein den ersten Schritt zu meinem Ziel tun zu können. Eines meiner Augen fokussierte vollkommen auf diese wichtige Prüfung, mein zweites Auge aber war auf die Demonstrationen der Menschen in diesem Land gerichtet. Hunderttausende Menschen gingen auf die Straße, nachdem auf dem Boden der Stadt Daraa im Südwesten Syriens Blut vergossen worden war. Die Ereignisse verbreiteten und beschleunigten sich wie ein hinabspringendes Wollknäuel. Das Wollknäuel sauste und rollte durch die Straßen, rollte von Gasse zu Gasse und hinterließ überall seine Spuren. So rollte auch das Demonstrationsknäuel Tag für Tag von einer Straße zur nächsten, die Proteste schwappten von einer Stadt zur nächsten über. Das Geräusch von Schüssen, Explosionen und die Zahlen der Opfer nahmen zu. Und plötzlich wurde dieses Land, in dem sogar das Tragen der noch so kleinsten Waffe verboten gewesen war, zur Brutstätte bewaffneter Gruppen. Sie kamen wie hungrige Wölfe und begehrten sowohl gegen die Truppen des Regimes auf, wie sie auch übereinander herfielen.

In der Zwischenzeit hatte sich auch das sonst so friedliebende Kobane bewaffnet. Als die Truppen des Regimes auf den bewaffneten Widerstand in Kobane trafen, zogen sie sich in die Gebiete zurück, in denen der Krieg bereits tobte. Und plötzlich wurde aus Kobane eine staatenlose Stadt und somit vollständig den Händen der Bevölkerung überlassen. Weil sich die Menschen in diesem Gebiet aber schon lange – zum Teil heimlich, zum Teil offen – mit Politik beschäftigt hatten und in diese involviert waren, sollte dieser Rückzug der Regierungstruppen nicht sonderlich schaden. Stattdessen wurde Raum gelassen für den Aufbau neuer ziviler Verwaltungen, militärischer Einheiten und Institutionen, welche sofort in die Wege geleitet wurden. Zum ersten Mal in der Geschichte der Stadt Kobane wurden die Kinder in den Schulen in ihrer Muttersprache Kurdisch unterrichtet. Dennoch verkomplizierten die vielen Veränderungen alles und die Neuerungen wurden schneller Realität als die Fantasie sich dies vorstellen konnte.

Ich werde in meinen Gedanken in diese Zeit der Veränderungen zurückkehren, um über die Situation meiner Familie zu berichten. Und wie die Ankunft des Mädchens Sevim Kaya in Kobane das Leben meiner Familie und das meine für immer veränderte.

Cihan

Da ich zu Hause die Jüngste war, war Viyan, die erst vor kurzem unverhofft in unser Leben gekommen ist, mehr als jede andere mit mir und meiner älteren Schwester Shirin beschäftigt. Viyan sagte immer zu mir: „Cihan, warte auf mich. Sobald ich mein Gespräch mit diesen alten Männern und Frauen beendet habe, werde ich sofort zu dir kommen."

Ihr Lächeln versiegte nie. Viyans Gesicht war so schön und harmonisch, dass diejenigen, die mit ihr sprachen, sich wünschten, das Gespräch würde lang und endlos werden. Sie war eine Erwachsene bei den Erwachsenen und ein Kind unter den Kindern. Inmitten all der Unruhen, die mittlerweile nicht nur Kobane, sondern auch weitere Teile Syriens erfasst hatten, kamen sie und einige ihrer Freunde – allesamt Widerstandskämpfer – mit den Sprachkenntnissen unseres Volkes aus den Bergen.

Sie verbrachten viele Jahre in Gesellschaft von Waffen und inmitten von Kämpfen in den Bergen und beschäftigten sich mit Kommunikation, Journalismus, Schreiben und dem Unterrichten ihrer verbotenen Muttersprache.

Die Gruppe von Kämpfern wurde in den Häusern von Kobane aufgeteilt. So kam Viyan zu uns, um als Gast unter uns zu leben. Mein Vater hat es sehr genossen, seine Gäste zu unterhalten. Natürlich gab es auch schon vor Viyan viele Gäste in unserem Haus, viele Mädchen und Jungen haben uns besucht. Aber keiner dieser Gäste hatte es geschafft, uns so sehr an sie zu binden, wie Viyan dies vermocht hatte.

Wir waren beeindruckt von ihrer Spontanität, ihrer Aufrichtigkeit, ihrer Loyalität und uneingeschränkten Liebe zu unserer Muttersprache, die sie besser beherrschte als wir alle. In Kriegszeiten war sie eine Kämpferin und in der Schule eine Kurdischlehrerin.

Wenn sie kleine Kinder um sich scharte, sprach sie die Sprache der Kinder, als würde sie Freunde um sich versammeln. Und wenn sie mit Erwachsenen sprach, dann sprach sie als erfahrene Frau, zog ihre Mitmenschen an und schloss enge Freundschaften mit ihnen. Sie war wie ein großes Zelt, unter dem wir uns alle versammeln und nach Lösungen für unsere dringendsten Probleme suchen konnten. Mein Vater nannte sie immer: Meine sechste Tochter.

Sie nannte meine Mutter „Mutter“ und auch meine Mutter sah sie als ihre Tochter.

In der Zwischenzeit baute sie ein Sprach- und Kulturzentrum auf und fast alle von uns wurden ihre Schülerinnen und Schüler, weil sie uns auf den späteren Unterricht als Sprachlehrer vorbereiten wollte.

Viyan erklärte:“Wir sollten diese historische Gelegenheit schätzen. Sie kommt alle fünfzig oder hundert Jahre. Und wenn die Menschen nicht bereit sind, sie zu ergreifen, werden weitere hundert Jahre vergehen.“

Viyan war nicht zu jung und nicht zu alt. Sie hatte in etwa das Alter meines Bruders Rodi. Wir wussten nicht viel über ihre Familie, ihre Eltern oder Geschwister. Wir wussten nur von ihrem ersten Herzschmerz, der ausgelöst wurde, weil sie ihre Kindheit nicht in Kurdistan, sondern in Ankara verbracht hatte. Und wir wussten, dass sie nun auf dem Land lebte und dort begraben werden wollte, wenn sie eines Tages sterben würde. Weder ich noch meine Schwester Shirin konnten uns jemals vorstellen, dass es eines Tages wirklich dazu kommen würde und wir ohne Viyan würden leben müssen. Aber unser Umfeld war voller seltsamer Ereignisse, welche wir nicht erahnen konnten.

Wasser und Strom fiel manchmal für ganze Tage aus. Die bewaffneten Terror-Truppen des IS vermehrten sich und ihr Einfluss erhöhte sich Stunde um Stunde. Die Raben wurden von Tag zu Tag mehr. Und mit ihnen mehrten sich auch die Morde in verschiedenen Formen und Szenerien. Menschen wurden enthauptet und ihr Blut vor Kameras vergossen, welche diese Bilder in die ganze Welt hinaussandten und verbreiteten. Hunderttausende flohen aus zerstörten

Häusern und Gebäuden und über Grenzen hinweg. Anfangs befand sich die Waffengewalt noch hauptsächlich in Händen der Regimekräfte und der hier und da verstreuten bewaffneten Gruppen. Allmählich sammelten sich Streitkräfte in der Luft und am Boden aus fast allen Ländern der Welt und kreisten das Gebiet weiter ein. Plötzlich befanden wir uns in dieser kleinen, unbekannten Kleinstadt im Zentrum von Kräften aus der ganzen Welt. Manche sprachen davon, dass mit Sprengstoff gefüllte Fässer von Regimeflugzeugen aus abgeworfen worden waren, was zu Hunderten von Todesfällen und Obdachlosigkeit führte. Wieder andere munkelten, dass Menschen von Hochhäusern geworfen und Gas und verbotene Waffen verwendet worden waren. Tod und Flucht wurden zum Alltag. Wer im Sterben lag, wurde vergessen. Und wer sich vor dem Tod retten konnte, floh auf der Suche nach Sicherheit. Die Belagerung war wie eine Schlinge, die sich Tag für Tag enger um den Hals der Stadt zusammenzog.

Diejenigen, die Waffen trugen, und wir, die keine Waffen hatten, wollten gleichermaßen mit allen Mitteln die Belagerung brechen. Aber allein waren wir nicht stark genug.

Es war dringend nötig, einen Korridor zwischen Kobane und Qamishlo zu öffnen. Dafür mussten wir Zugang zum weißen Hügel, zum „Gire Sipi“ erhalten.

Die Gespräche um diese Problematik wurden

überall um mich herum diskutiert und mit Hilfe von Viyan konnten wir auch einige der politischen Fragen klären.

Meine Mutter hatte Viyan immer beobachtet und wenn diese nicht da war, erklärte sie uns: „Dein Vater sagt, Viyan wäre seine Tochter, aber eigentlich möchte ich, dass Viyan Rodis Braut wird. Wie schön wäre es, wenn Rodi sie heiraten würde und sie für immer bei uns bleiben könnte."

„Solche wie sie heiraten nicht. Die Ehe ist für sie verboten."

„Ich weiß das, meine Tochter. Ich habe nur meinen Herzenswunsch ausgesprochen."

Anders als Viyan war Rodi sowohl mit seinen Näharbeiten als auch mit dem Erlernen und Lehren der Sprache und seiner grenzenlosen Liebe für Bücher beschäftigt. Er lebte in einer anderen Welt. Meine Schwester Shirin, mein Vater und ich hatten eine viel stärkere Beziehung zu Viyan als Rodi.

Wann immer sie eine Bitte an meinen Vater hatte, warf sich Viyan wie ein Kind in seine Arme. Sie bat zum Beispiel, Wasser für bestimmte Kräuter zu besorgen, die sie, zu einem Tee gekocht, sehr genoss. Gleichzeitig hatte sie aber auch eine Arbeitsstelle für ihn gefunden.

„Ich habe beim „Roten Halbmond" Arbeit für dich gefunden. Wir haben eine Hilfsorganisation für den Roten Halbmond eingerichtet. Ich glaube, dass diese

Arbeit sehr gut zu dir passt. Du wirst dort mit deinem Können deine Aufgabe gut übernehmen können."

Mein Vater nahm ihr Angebot gerne an und arbeitete nun täglich dort. Auf dem Rückweg erzählte er Viyan wie ein eifriger Schüler von seinem Arbeitstag, der seiner Lehrerin einen Bericht lieferte.

Schüler und Lehrer des Sprachzentrums bereiteten sich auf die Prüfungen vor, als die Sprachlehrerin Viyan sie mit folgender Nachricht überraschte.

„Ich werde in den Krieg ziehen, weil das Dorf „Kendal" in der Nähe von Gire Sipi – des Weißen Hügels - angegriffen wird."

Keiner von uns war auf diese Nachricht vorbereitet. Als Viyan bemerkte, wie wir uns gegenseitig ratlos ansahen und viele Fragen hatten, bestätigte sie ihre Entscheidung und erklärte uns mit Augen voller Hoffnung.

„Ich vertraue euch. Ich weiß, dass ihr den Stift, den ich hier fallen lassen muss, nicht liegen lassen und meine Arbeit weiterführen werdet."

Sie verabschiedete sich mit den Worten: „Mein Name war Viyan Amara. Ab heute bin ich Viyan Kobane. Wenn ich den Märtyrertod sterbe, bitte ich euch, mich hier in Kobane zu begraben."

Ich konnte meinen Tränen keinen Einhalt gebieten. Ich konnte es einfach nicht glauben, dass es die letzten Momente sein könnten, in denen ich dieses schöne

Mädchen sehen würde. Das Mädchen, von dem alle sagten, dass Gott sie makellos gemacht hatte. Ich befürchtete, dass die Hand Gottes seinen Engel bald wieder zurücknehmen würde und dass auch sie bald aus dem Leben und von uns Lebenden scheiden würde.

Meine Erinnerungen waren trügerisch: in ihnen war Viyan, die Sprachlehrerin, jung und voller Leben, als sie uns verließ. Aber als Märtyrerin kehrte sie zu uns zurück. Mein Vater, mehr als jeder andere, weinte laut vor Trauer. Viyans hatte ihre leibliche Familie hinter der Grenze zurückgelassen, und als sie zu uns kam, sind wir zu ihrer neuen Familie geworden.

Meine Mutter war ihre Mutter, mein Vater war ihr Vater, wir waren ihre Schwestern und Brüder. Sie war das erste Mitglied unserer Familie, das wir auf diese Weise verloren hatten. Doch dies hieß nicht, dass ihre Taten vergessen werden würden. Mit ihrem Tod war Viyans Weg des Kampfes noch nicht vorbei. Ihre Waffe sollte weiter auf dem Pfad des Widerstandes getragen werden, so wie ihr Name zu ihren Ehren weitergetragen werden sollte. Während der Beerdigung, noch an ihrem Grab, gab mein Vater meiner Schwester Shirin, ihrem heimlichen Wunsch entsprechend, den sie nur mit Vater geteilt hatte, Viyans Waffe und sagte die Worte, die in diesen blutigen Zeiten so oft von jenen Menschen gesagt wurden, die aus tiefer Trauer Hoffnung zu schöpfen versuchten:

„Meine Tochter, weder Viyans Waffe noch ihr

Name sollten am Boden liegenbleiben."

Von diesem Tag an gehörte meine Schwester Shirin, nun mit dem Namen Viyan, zu den militärischen Fraueneinheiten. Sie trug sowohl Viyans Waffe als auch ihren Namen. Zudem taten meine Brüder Adnan und Rodi und Dutzende andere, worum Viyan gebeten hatte: Sie hatten den Stift, den sie niedergelegt hatte, aufgehoben und machten weiter mit dem, womit Viyan begonnen hatte. Dadurch lebte sie weiterhin in unseren Seelen, in unserem Blut und in unseren Gedanken. Obwohl für mich, als siebzehnjähriges Mädchen, die Ereignisse, die um mich herum stattfanden, größer waren als ich durch mein Alter verstehen und erfassen konnte, wog die Belastung, die sowohl Viyan als auch meine Schwester Shirin auch auf meine Schultern gelegt hatten, sehr schwer. Dennoch war ich stolz darauf, dass ich zu diesen Mädchen gehören durfte, die für Freiheit und ein besseres Leben kämpften.

Wir waren Teil der kurdischen Frauen-Revolution, die im Schatten der Unruhen und Angriffe von außen in allen kurdischen Gebieten mehr und mehr Mitstreiterinnen bekam. Mädchen und Frauen organisierten sich in Gruppen, lernten die offiziell verbotene Sprache Kurdisch und wurden selbst zu Sprachlehrerinnen. Sie lehnten sich gegen ein strenges gesellschaftliches Patriarchat auf, das Frauen oft als minderwertig oder wertlos erachtete, oder zumindest mit nichts weiter bedachten als mit Aufgaben rund um Haushalt und Kind. Die Frauengruppen bestärkten sich und andere, Rechte und persönliche Unabhängigkeit zu etablieren und zu verteidigen. Sie wurden mutiger, ihr Leben und ihre Wünsche selbst zu bestimmen, sich Ehemänner selbst zu wählen, anstatt dass ihre Familien dies taten. Und sie nahmen die Waffen auf und kämpften gegen Aggressoren. So wie Viyan, Shirin und ich gegen den IS, hier in Kobane.

Mit eigenen Augen hatte ich nämlich schon mitansehen müssen, wie es Mädchen und jungen Frauen ergangen war, wenn sie oder deren Familien in Verruf geraten waren. Es reichte eine verbotene oder von den Familienoberhäuptern nicht akzeptierte Liebe, um sich selbst und oft die Frauen in der engeren Verwandtschaft in Ungnade zu stürzen. Für eine Frau machte es auch keinen Unterschied, wenn sie durch einen Übergriff oder eine Gewalttat eines Mannes verletzt oder beschmutzt wurde. Bestraft wurde nicht der Täter, sondern sie, nicht selten durch Schändung oder Ehrenmord. Die Gesellschaft bestrafte Familien, zu denen eine in Ungnade gefallene Frau gehörte, kollektiv mit Ablehnung und schlechten Worten. Sie wurden zu Außenseitern. Ein Ehemann, der eine Frau in ihrem Stand wieder aufwerten könnte, war dadurch ebenfalls schwer zu finden. Und unverheiratet zu bleiben empfand man als großes Problem.

In dieser patriarchalischen Ordnung schien es, als könnte es eine Frau einfach nicht richtig machen. Es waren alles Männer, die Frauen töteten, erpressten und bestraften, um damit einer alten gesellschaftlichen Konvention Genüge zu tun. Deshalb war ich froh, dass die Mädchen, mit denen ich mich nicht nur in der Schule umgab, sondern auch politische und kulturelle Interessen teilte und die durch diese alteingesessene gesellschaftliche Ordnung unschuldig so tief gesunken waren, aus dieser Niederlage und dem großen Verlust ihrer gesellschaftlichen Integrität neue Kraft schöpfen konnten und nun bereit waren, nicht nur ihr eigenes Schicksal, sondern auch das der ganzen Stadt und des Landes in die eigenen Hände zu nehmen.

Es war ein wenig früh für mich, aber in meinem Alter von mehr als siebzehn oder fast achtzehn Jahren schien es mir, als hätte ich siebenhundert oder achthundert Jahre hinter mir gelassen. Mein Vater ging jeden Morgen an Viyans Grab, um den Koran zu lesen. Meine Geschwister waren alle mit ihrem eigenen Leben beschäftigt, und ich habe mich der Aufgabe verschrieben, die Sprache zu unterrichten und Viyan etwas zurückzugeben. Shirin griff, zusammen mit anderen Mädchen, zu den Waffen und begann für den Widerstand zu trainieren. Das Geräusch der mordenden Krähen des IS, die alte und blutige Blitze auf uns niedersausen ließen, drang aus beunruhigender Nähe an unsere Ohren. Wir wurden eingekesselt und die Schlinge zog sich immer enger. Hunderte von Kilometern Grenze wurden vom „Islamischen Staat" neu gezogen. Seine bewaffneten Soldaten des Todes mit ihren schwarzen Flaggen hatten ihre Zelte um uns herum aufgeschlagen. Niemand wusste, was uns bevorstand, und niemand wusste, was dieses Land würde erdulden müssen. Alles lag vor uns wie ein Teppich, aus dem von Zeit zu Zeit ein Stück Faden oder Stoff gezogen wurde, sodass dessen Webstruktur und Netz aus Fasern und Fäden instabil wurde und zerriss. Auch unsere Leute begannen, ihre Blicke in Richtung der Fluchtwege zu richten. Mancher rettete sich und seine Kinder und floh in eine ungewisse Zukunft. Einige hatten weniger Eile, wollten noch ein Jahr abwarten. Wenn sich die Situation nicht dramatisch verschlechtern würde, könnten sie bleiben und es aushalten. Ansonsten – so dachten sie - würde es ihnen noch immer freistehen, zu gehen. Der Rest, einschließlich meiner Familie, bereitete sich gefasst auf die schwersten und schlimmsten Tage vor und sagte: Wenn es anfängt, werden wir tun, was wir können. Wir werden den Kampf aufnehmen und nicht aufgeben. Und wenn wir sterben, werden wir hier sterben.

Unvermittelt musste ich an Rodi denken. Mir fiel ein, dass ich ihn schon lange nicht mehr nach seinem Gesundheitszustand gefragt hatte. Aber es hatte den Anschein, dass die leichte Krankheit, die die Farbe seiner Augen verändert hatte, etwas nachgelassen hatte.

Was mir am meisten Sorgen bereitete, war die Verschlechterung des Gesundheitszustandes meiner Mutter. Immer, wenn ein unvorhersehbares oder schlimmes Ereignis auftrat, nahmen die Kopfschmerzen und infolgedessen ihre epileptischen Anfälle zu. Im Gegensatz zu meinem Vater war meine Mutter sehr verärgert, dass Shirin zur Waffe gegriffen hatte, weggegangen war und sich zu Viyan umbenannt hatte. Diese Ereignisse ließen meine Mutter in eine tiefe Angst versinken und sie klagte: „Ich fürchte, das Schicksal von Shirin wird das gleiche sein wie das von Viyan. Eine Tochter ist schon weg, ich will nicht, dass die zweite auch verschwindet."

Die zunehmende Verwüstung des Landes und die steigende Anzahl von Obdachlosen, Fliehenden, Verhaftungen und Morden im ganzen Land hatten meine Mutter die kleinen Probleme des Alltags vergessen lassen, weil nur noch die Sorge um die voranschreitenden Ereignisse und die Angst um ihre Tochter ihre Gedanken einnahmen.

Jeder, der in dieses Land kam, in dem wir Kurden schon lange leben, suchte nach einer Quelle. Einer Quelle, um Durst zu stillen, einer Quelle des Wissens oder einer Quelle, um die Wahrheit zu erkennen. Aber alle hatten auf ihre Weise Durst und gierten danach, den Ort zu besitzen, der ihnen das geben konnte, was sie suchten.

Wir waren schon lange hier, aber wir waren nicht glücklich mit unserem Leben. Dabei schien es, als würden wir nicht erkennen, dass wir an einer Goldmine lebten. Alle kamen und suchten nach der Quelle, wollten unbedingt zu ihr gelangen. Wir aber waren schon dort und es war uns nicht bewusst.

Walnussbaum

Der Unterschied zwischen mir und den Menschen besteht darin, dass sie ihr Alter kennen und ich meines nicht weiß. So lange ich mich zurückerinnern kann, befinde ich mich schon im Hof dieses Hauses.

Hausbesitzer verändern sich, aber jede Wand bleibt die gleiche Wand, jeder Stein bleibt der gleiche Stein. Die Menschen verändern sich schnell, aber Bäume wie ich, Steine, Schmutz oder andere leblose Gegenstände bewegen sich langsam und wechseln nur heimlich von einem Kleid in ein anderes. Noch vor fünfzig Jahren sprach man hier von einer Quelle, welche einen Teich bei der Stadt befüllte, von einer Wasserstelle, die von Bäumen umsäumt war. Ich weiß nicht, was in den folgenden Jahren passiert ist, doch alles war gelb und kahl geworden. Trinkwasser war nun ein Wunschtraum und überall war es trocken. In den letzten beiden Jahren, nachdem uns bewaffnete Gruppen mit schwarzen Flaggen umzingelt hatten, mangelte es aber nicht nur an Wasser, sondern auch an Luft und Platz zum Atmen.

Aufgrund meines fortgeschrittenen Alters und da meine Wurzeln tiefer und tiefer in den Boden dieser

Stadt namens Kobane hinabdrangen, wurde mir fast alles und jedes Ereignis bewusst. Und Dinge, die ich weder mit Augen noch mit Ohren wahrnehmen konnte, erspürte ich auf andere Weise.

Von jeder Familie, die in diesem Haus, zu dem ich gehöre, gelebt hatte, war es nur eine einzige Person, die sich je um mich gekümmert hatte. Die anderen hörten mir nicht zu und ich erinnere mich auch nicht an sie. Es gab stets nur zwei Anlässe, in welchen ich interessant für sie war: Wenn meine Nüsse reif waren, kamen sie, knackten sie und begannen diese zu essen. Oder wenn die Sommerhitze zu hart auf die Erde brannte, erinnerten sie sich an meinen Schatten und setzten sich unter mein Blätterdach. Doch ein wirkliches Band zu knüpfen, das mehr bedeutete als Nüsse oder Schatten, das vermochte ich nur mit einer Person. In diesem Haus war es Perwin. Sie pflegte und umsorgte mich immer, als ob sie meine einzige, fürsorgliche Besitzerin wäre. Bis vor kurzem nannten mich auch alle, die über mich sprachen oder mich erwähnten:"Perwins Walnussbaum".

Jedes Mal, wenn die Erde um mich herum Pflege bedurfte, sprachen sie davon, dass dies Perwins Aufgabe wäre. Wenn die Bäume Wasser benötigten, riefen sie nach Perwin. Sogar, wenn sie meine Nüsse essen wollten, sahen sie zwar mich an, riefen aber Perwin, als wäre sie meine Besitzerin und bräuchten ihre Erlaubnis.

„Wir haben seine Nüsse schon lange nicht mehr gegessen."

Diese herzliche Beziehung zwischen mir und Perwin machte mich glücklich. Manchmal war ich ihr auch zu Dank verpflichtet. Nicht nur wegen ihrer Freundlichkeit, sondern auch, weil ich nicht einfach entwurzelt worden war und somit nun gar kein Leben mehr hatte. Die Menschen hatten mit dem Bau von Betonhäusern und großen Hochhäusern begonnen. In der Stadt waren fast keine Bäume mehr übrig. Sie wurden entwurzelt und durch Zementhochhäuser ersetzt. Auch die beiden Olivenbäume bei Rodis und Cihans Haus, in die ich mich verliebt hatte, wurden entfernt. Ich sah beide Bäume ganz in meiner Nähe. Vielleicht wegen ihres Alters sah ich sie meiner Generation zugehörig. Zwei Olivenbäume waren nebeneinander gepflanzt worden. Mit der Zeit waren sich die beiden Bäume näher gekommen und zu einem Baum verwachsen. Dieser Baum wurde mit der Renovierung des Hauses ebenfalls aus dem Boden entfernt und an seiner Stelle wurden die Wände eines neuen Gebäudes hochgezogen.

Meine Beziehung zu Perwin war keine Baumbeziehung zu seinem Besitzer, sondern eine Beziehung zweier Freunde zueinander. Sie erzählte mir alles. Ihr Herz war immer offen für mich. Sie erzählte mir auch von der Schwierigkeit, in einer Stadt über die Liebe zu sprechen, in welcher sich alle untereinander kannten und es keinen Platz für Geheimnisse unter Liebenden gab. Vor allem, wenn die Liebende ein Mädchen war, war es nicht einfach. Doch irgendwann kam der Tag und sie erzählte mir von ihren Ängsten während ihres ersten Kusses.

Wann sie begonnen hatte, sich zu verlieben, wann und wie ein junger Mann ihre Aufmerksamkeit hatte erregen können, daran konnte sie sich nicht mehr erinnern. Der Traum des jungen Mannes war es, ihr eine Blume schenken zu können. Ihr Traum war es, für einige Momente mit dem jungen Mann über seine Gefühle zu sprechen und ihm näher zu kommen.

Das Treffen sollte spät in der Nacht, aber noch vor dem frühen Morgen vor dem Fenster von Perwins Haus stattfinden. Liebe um drei Uhr morgens vor diesem Fenster. In dieser Nacht ging Perwin Dutzende Male zu ihren Schwestern, Brüdern und Eltern, um sicherzugehen, dass sie schliefen. Wenn einer von ihnen aufgewacht wäre und sie mit diesem seltsamen jungen Mann vor dem Fenster gesehen hätte, wüsste sie nicht, welche Konsequenzen sie erwartet hätten. Jedenfalls befürchtete sie Schlimmes. Allerdings hatte Perwin weniger Angst vor ihrer eigenen Familie, da sie sich sicher sein konnte, dass sie alle tief schliefen. Ihre Angst galt den zufälligen und heimlichen Blicken von Außenstehenden. Wenn einer ihrer Nachbarn oder ein anderer Bewohner von Kobane in diesem Moment diese Straße entlanggging und den jungen Mann vor dem Fenster ihres Hauses sah, wäre ihr Ruf und der ihrer Familie bis in alle Ewigkeit ruiniert, und nur Gott konnte wissen, was mit ihr geschehen würde. Aber ihr Wunsch, Liebe zu finden, war stärker als ihre Angst vor dem Tod, weswegen sie ihm ein heimliches Treffen versprochen hatte.

Der Junge stand um drei Uhr vor dem Fenster. Wie ein Dieb hatte er seine mitgebrachte Blume durch das in der Tür eingelassene vergitterte Fensterchen in Perwins zitternde Hände gelegt. Perwins Gesicht und ihre grünen Augen schimmerten in der Dunkelheit des Raumes und trotz großer Angst vor ihrem Geliebten drängte es sie, näher an das Fenster zu treten. Er stand dort, wartete auf einen Kuss und schließlich gab Perwin ihrem Geliebten durch die Fenstertür ihre trockenen Lippen. Ein Gefühl breitete sich aus wie das letzte Knistern einer Lunte an einer Bombe, die sofort geworfen werden musste, um dann zu explodieren und die Zerstörung einer ganzen Stadt einzuleiten. Mit diesem schnellen Kuss hatte sich Perwins aufgeregtes Herz beruhigt. Eilig schloss sie das Fenster und rannte von dort weg wie ein Blitz. Im Haus war alles still, hier war ihr Kuss unbemerkt geblieben, aber sie wusste nicht, ob jemand von außen sie gesehen hatte oder nicht. Deshalb schlief sie erst in den frühen Morgenstunden und nach dem Gebetsruf der Moschee ein. Einerseits zitterte sie vor Angst, andererseits lag die Freude und das Vergnügen des ersten Kusses noch immer auf ihren Lippen. Sie war durcheinander und wandelte zwischen dem Feuer der Hölle der Menschen und dem Fluss des Honigs ihrer Liebe umher.

Als sie sich jedoch an die Schlacht vor den Toren von Kobane erinnerte, hatte sie Schmerzen und konnte sich der Verwirrung all dieser Geschichten nicht entziehen. Ich war sehr neugierig, auch den Namen ihres Geliebten zu erfahren, aber sie sagte ihn nicht. Es schien, als hätte sie Angst, dass ihre Stimme, die den Namen kundtun würde, weitergetragen werden könnte. Und dass der Name sich dann wie Kaugummi in aller Munde festsetzte. Also schwieg sie darüber, behielt den Namen des Geliebten für sich und verhinderte so, dass jemand, einschließlich mir, diesen kannte.

Am nächsten Tag freute ich mich mit ihr, als ich sah, dass niemand von Perwin und ihrer Geschichte erfahren hatte und jeder über sich selbst und über die schweren Kämpfe diskutierte, die auf alle warteten. Auch Streitigkeiten über die Benennung ihrer Stadt, die zwischen Ain-al-Arab (Arab-Quelle), Ain-al-Islam (Islam- Quelle) und Kobane schwankten, waren ein heißes Thema. Alle waren sich einig, dass es eine Quelle mit Wasser gegeben hatte, nach welcher die Stadt benannt war, aber jede Seite nannte diese anders. Mein Herz und das von Perwin schlugen für unsere Stadt Kobane und fürchteten um ihre Zukunft. Bis vor ein paar Jahren hatte ich mich selbst bemitleidet, weil ich ausgerechnet in einer so unbedeutenden, trockenen und kleinen Stadt aufgewachsen bin. Aber jetzt erkannte ich, dass der Name dieser Stadt in aller Munde war. Alle Augen waren auf sie gerichtet und niemand wusste, was uns erwartete. Ich dachte mit großem Hass an diejenigen, die ihre Bärte wachsen ließen und uns mit ihren schwarzen Fahnen umgaben und umzingelten. Sie kamen mit großer Überzeugung und wollten den Namen dieser Stadt vergessen machen. Stattdessen sollte ihr eigener Name der Stadt aufgezwungen werden, während ihre schwarze Flagge hoch in den Himmel gehisst werden sollte.

Rodi

Viele Geschichten wurden über die Wasserquelle erzählt. Mein Vater drehte sich wütend zu mir um, nachdem er ausführlich darüber gesprochen hatte.

„Rodi schüttelt den Kopf, als ob er uns nichts glaubt."

Die Wahrheit war keine Frage des Glaubens oder des Unglaubens. Unumstritten war, dass alles seinen Ursprung in einer Quelle hatte und sich deswegen jeder – aus verschiedenen Gründen – zu einem solchen Ort hingezogen fühlte. Diejenigen, die krank waren, gingen zum Quellwasser. Frauen, die nicht schwanger wurden, tranken jahrelang vom Quellwasser, um Kinder zu bekommen. Mütter wuschen die Köpfe ihrer tauben und stummen Kinder mit Quellwasser, um sie zu entspannen und zu beruhigen. Wer einen Wunsch hatte, trank vom Quellwasser und wartete auf die Erfüllung seiner Sehnsucht.

Ein Ort der Sehnsucht und zudem ein heiliger Ort wurde im Laufe der Zeit auch der große Maulbeerbaum auf dem Hügel Meshtanur für alle, die Wünsche oder Träume hatten. Neben diesem Maulbeerbaum befand sich ein Grab mit vier weißen Mauern, welche für jeden ein offenes Herz hatten, der mit seiner Sehnsucht hierherkam. Leute hängten kleine Steine in die Ritzen der Mauern. Wenn der Stein an einer Wand oder in einem Loch darin verblieb, bedeutete dies, dass das Verlangen oder die Bitte gewährt wurde. Wenn der Stein von der Wand fiel, wurden alle Hoffnungen zunichte gemacht.

Als die Liebe dieser beiden grünen Augen mich verschluckt hatte, wünschte ich mir, dass dieser Wunschbaum auf dem Meshtanur-Hügel noch existieren würde, damit ich zu ihm gehen und bitten könnte, alle meine Wünsche zu erfüllen. Aber Haji Farooq Mahmud Mifti hatte diesen Baum entwurzelt, damit dieser nicht als Heiliger Baum angebetet werden konnte. So zumindest begründete er seine Handlungen. Mit dem vollständigen Entfernen des Baumes aus der Erde endete somit auch die Geschichte des heiligen Wallfahrtsortes, der Wünsche erfüllen konnte.

Mein Vater ging bei seinen Erzählungen in seine Kindheit zurück und sprach davon, wie die Deutschen zu uns gekommen waren. Er erwähnte den Bau einer Eisenbahnlinie, die entfernte Städte wie Bagdad, Basra und Berlin während der osmanischen Zeit verbinden sollte. Aus diesem Grund befanden sich Unternehmen und Firmen in der Nähe dieser Quelle bei Kobane.

„Der Name Kobane muss daher gekommen sein."

Mein Vater fuhr fort: „Während wir Kurden schon lange hier lebten, kamen erst vor kurzer Zeit die Araber und suchten unsere Quelle. Sie benannten die Quelle und somit auch diese Stadt in ihrem Sinn als ′Ain-al-Arab′, die Araber-Quelle."

Er beendete seine Rede mit einem Lächeln.

„Es gibt hier keine Araber und keine Quelle mehr, aber in ihren staatlichen Institutionen, auf dem Papier und in den Karten, haben sie den Namen Ain-al-Arab behalten."

Was mein Vater aber nicht verstand, war, dass die Besitzer schwarzer Flaggen aus aller Welt kamen. Sie brachten alte Ideen aus einer längst vergangenen Zeit mit sich. Einer Zeit vor tausendvierhundert Jahren, als die Gesetze und Gebete der Religion, die sie nun mitbrachten, noch in der Wiege lagen. Sie wollten diesen Glauben und diese Gesetze nicht verändern, sondern verbreiteten sie in ihrer ursprünglichsten Form. Die Soldaten des IS kamen mit ihren scharfen Waffen, ihren Schwertern und Messern, waren bereit, den Menschen die Kehlen durchzuschneiden, und sie richteten ihre Blicke auch begierig auf die Quelle.

Dies ist nicht Kobane. Dies ist nicht die arabische Quelle. Dies ist die Quelle des Islam.

Um diese Stadt zu erobern, kamen blutrünstige Kreaturen, Liebhaber des menschlichen Schlachtens, aus aller Welt zusammen, um uns vom Erdboden zu tilgen und uns zu begraben. Egal, mit welchen Mitteln und auf welche Weise, uns zu töten bedeutete für sie, den Schlüssel zum Himmel zu erhalten.

Auch meine Hand lag in diesen Momenten in meiner Hosentasche auf dem Schlüssel zum Himmel. Die Telefonnummer meiner Liebsten war mein Schlüssel zum Himmel.

„Soll ich sie jetzt anrufen oder nicht?"

Dies war das hundertste Mal, dass ich mir diese Frage stellte und über das Ergebnis dieses schwierigen Schritts grübelte. Ich kam aber zu der Überzeugung, dass die wichtigsten und die schwierigsten Momente die ersten Schritte sein würden.

Anfangs war es nur wichtig, dass ich den richtigen Moment finden könnte, um sie zum Zuhören zu bewegen. Ich würde sprechen, würde die richtigen Worte finden müssen. Wenn sie gewillt war, mir zuzuhören, wäre der erste, schwierige Schritt getan. Das Schlimmste, was passieren könnte, war, dass sie mich nur als einfachen Straßenjungen betrachtete und nicht mit mir sprechen wollte. Deswegen war es wichtig, dass ich sie möglichst behutsam und einfühlsam in dieses erste Gespräch locken konnte. Dies musste gut durchdacht und vorbereitet sein.

Ich suchte fieberhaft nach einem Grund, um sie in ein Gespräch zu verwickeln, was mir in meinen Gedanken nicht gelingen wollte. Während ich wegen meiner inneren Hilflosigkeit und Hoffnungslosigkeit verzweifelte und wütend auf mich selbst wurde, bemerkte ich, dass ich, ohne ein Ziel zu haben, zum Newroz-Platz gegangen war. Ich hatte heute noch nichts von meinen Vorsätzen erreichen können, doch meine Füße hatten mich automatisch an den Ort getragen, wo ich sie zum ersten Mal gesehen hatte. Das Zwitschern und Singen eines Vogels erklang in diesem Moment und erinnerte mich an ihre Stimme, sodass ich nun endlich den Mut fasste, sie anzurufen.

Mein ganzer Körper zitterte leicht aufgrund meiner Aufregung und meine Finger verfehlten beinahe die einzelnen Tasten, als ich ihre Nummer wählte. Drei Versuche bedurfte es, dann hatte ich endlich die richtige Nummer getroffen. Während ich wartete, verfehlte mein Herz vor Aufregung immer wieder den richtigen Takt, schlug immer wieder im falschen Rhythmus. Alle Worte, die ich tagelang so sorgsam vorbereitet hatte, waren innerhalb eines Moments vergessen. Dann meldete sich endlich – für mich auf der anderen Seite meiner Welt – eine traurige Stimme. Bevor ich ihr die Gelegenheit gab, Fragen zu stellen, bat ich sie um ihre Zeit, um sich ausführlich kennenzulernen und ausgedehnte Gespräche führen zu können. Ich wurde für meine Worte zwar nicht mit vehementer Ablehnung bestraft, aber auch nicht mit einem herzlichen Empfang belohnt. Das erste, das mich aber glücklich machte, war, dass sie sich daran erinnerte, dass wir Nachbarn waren. Sie wusste auch noch, dass meine Schwestern und ich in die Sprachschule gingen. Auf meine Bitte nach einem Treffen hielt sie aber eine Antwort zurück, so als hätte sie mein Ersuchen gar nicht erst vernommen. Stattdessen antwortete sie: „Zwei Nachbarn brauchen kein Telefon, um einen Termin zu vereinbaren."

Diese Antwort zeigte mir einerseits zwar, dass sie uns beide näher sah, andererseits wirkten diese Worte wie eine Flucht und ein Ausweichen, einem Treffen sofort zuzustimmen. Aber mehr als diese Antwort sollte ich im Moment nicht bekommen und es war nicht herauszufinden, ob sie einem Treffen zustimmte oder dieses ablehnte. Dafür war nun aber die Mauer aus Augst vor dem Scheitern eines Versuchs, mit ihr zu sprechen, eingerissen worden und der Weg zum Himmel wurde mir geöffnet.

An diesem Abend begrüßte mich meine Mutter mit großer Freude, überrascht über die Veränderung der Farbe meiner Augen.

„Sie scheinen langsam die ursprüngliche Farbe wieder anzunehmen! Gott segne dich."

In dieser Nacht lagen seltsame Empfindungen wie Hände am Hals meiner Seele und stürzten mich in einen endlosen Kreislauf meiner Gedanken. Während mein Herz für meine Liebe schlug, diese sich einen weiteren Schritt näherte, kam gleichzeitig auch der Klang von Konflikten und Krieg immer näher. Der Kreis einiger Gruppen, die uns weder Wasser noch Strom lassen wollten, zog sich immer enger und nahm uns langsam auch die Luft zum Atmen. Sie planten und verlangten, dass Kobane kampflos aufgegeben werden und in ihre Hände fallen sollte. Als sie aber sahen, dass die Sonne täglich gen Himmel kletterte und der Mond Monate lang unverändert schien, ohne dass ihnen etwas geliefert wurde, begannen sie zu drohen.

Manchmal befürchtete ich, dass diese Liebe, die mein Herz berührte, nichts wirklich Gutes mit sich brachte. Mitten im Krieg und in den Überresten der Kämpfe würden niemals Blumen blühen, also würde auch meine Liebe scheitern. Doch während die eine Stimme des Herzens dies sagte, widersprach ihr sofort eine andere. Sie sprach für das Herz, das trotz der wütenden Feindschaft, die alle Menschen dieses Landes ergriffen hatte, und inmitten von Schmerz, Mord, Exil und Zerstörung eine grüne Pflanze der Liebe aufblühen und leuchten ließ. Dies war mein Herz. Die Liebe war wie ein göttliches Geschenk inmitten dieses Meeres aus Hass und Tod.

Ein Zeichen dafür war die Ankunft von Perwin im Kulturzentrum. Sie verhielt sich, als wüsste sie nichts. Nicht, dass ich ebenfalls hier war und nichts von dem Anruf. Sie tat, als ob der Anruf nichts mit ihrer Ankunft zu tun hätte. Stattdessen drückte sie ihren Wunsch aus, sich in der Sprachschule auf eine Lehrertätigkeit vorbereiten zu können. Sowohl meine beiden Schwestern Gulistan und Cihan als auch ich waren aus demselben Grund im Sprachinstitut. Für mich war ihre Ankunft an diesem Tag aber der Beweis dafür, dass Perwin mir zehn Schritte voraus war, während ich einen einzigen Schritt getan hatte. Ihre Anwesenheit fühlte sich anfangs an wie ruhiges Wasser, das auf die Pflanze meiner Liebe floss. Tropfen für Tropfen bahnte sich das Wasser seinen Weg, unaufhaltsam, bis der Boden übersättigt war und nichts mehr aufnehmen konnte. Ich verlor mich immer tiefer in meinen Gedanken und meinen Emotionen, die immer wilder und zielloser in mir umherströmten und sich nicht mehr anfühlten wie vorsichtige Tropfen, die eine zarte Pflanze nährten, sondern wie ein tiefer, überwältigender Ozean, in dem man Gefahr lief, sich zu verlieren.

Es war an der Zeit, ihre Aufmerksamkeit zu erregen und alles über sie zu erfahren. Ich würde noch einen schwierigen Weg vor mir haben und hatte ebenso Angst vor dem Scheitern und vor einer Zurückweisung wie jemand, der Angst vor Stürzen, Schlägen und Schmerzen hatte. War es denn in dieser turbulenten Zeit angebracht, von Gefühlen wie Liebe zu sprechen, wo vor der Tür Kampf und Tod warteten? Würde Perwin mich überhaupt ernst nehmen? Meine Gefühle erwidern? Oder würde sie über mich lachen? Würde ich mich so unweigerlich auch zum Gespött bei meiner Familie machen, wenn meine beiden Schwestern hier in der Schule auch davon mitbekommen würden?

Cihan

Als Rodi mir Perwin zum ersten Mal vorstellte, schien es mir, als wolle er wie immer einen Neuankömmling in die Institution für Sprache einführen. Daher habe ich Perwin begrüßt wie jede und jeden anderen auch und habe ihr keinen besonderen Empfang bereitet. Sie stellte sich uns vor, und erzählte, dass sie aus einer Familie stammte, die aus drei Jungen und drei Mädchen bestand. Sie war die älteste unter ihren Geschwistern. Perwin schrieb sich für das Fach Biologie an der Universität von Aleppo ein und wollte zudem die Sprache lernen. Ihre Liebe zu Büchern war nicht weniger intensiv als die von Rodi. Sie hatte immer ein Buch in der Hand, vor allem eines, das kein Lehrbuch für die Schule war. Perwins Offenheit machte es mir einfach, ohne großen Aufwand in kurzer Zeit sehr viel von ihr zu erfahren und sie näher kennenzulernen. Meine Angst, ihr näher zu kommen, erwies sich schnell als unbegründet. Es bedurfte nur einiger Tage, bis Perwin eine meiner engsten Freundinnen wurde. Nach Viyan Amara war Perwin das zweite geliebte Mädchen, das die Herzen fast aller Mitglieder meiner Familie erreichen konnte. Sie wurde sowohl von meiner Mutter als auch von meinem Vater offen begrüßt und ins Herz geschlossen.

Und dann kam der Tag über uns, den wir niemals erwartet hätten. Ein Tag, der niemals vergessen sein wird, solange ich auf der Welt bin. Es war Montag, ich bin um sieben Uhr morgens aufgewacht. Ich machte Tee und sah mich nach meinem Vater um, damit wir wie jeden Morgen zusammen Tee trinken konnten. Doch er war nicht zu Hause. Ich fragte meine Mutter: „Mama, wohin ist Papa gegangen?"

„Meine Tochter, er wachte wie jeden Tag um sechs Uhr auf, hat gebetet und ging zum Grab von Viyan, um den Koran zu lesen. Du weißt, wie sehr dein Vater Viyan geliebt hat."

„Das stimmt. Er geht jeden Tag zu ihrem Grab, aber normalerweise kommt er um diese Zeit wieder nach Hause."

Diese Worte waren kaum gesprochen, da trat mein Vater ein. Während des Teetrinkens drückte er sein Glück über meine Entscheidung aus, in der Schule weiterzumachen. Einerseits musste ich meine Muttersprache Kurdisch unterrichten, die aus dem Staub jahrelanger Verbote hervorging, da meine Muttersprache in diesem arabisch dominierten Staat verpöhnt und unterdrückt wurde und nun im Schatten der Kriegswirren zu neuem Leben erwachte. Andererseits musste ich mein Studium in der offiziellen Sprache Arabisch fortsetzen, die die einzig anerkannte

Amtssprache in Syrien ist. Da ich die jüngste Tochter der Familie war, hörte mir mein Vater aufmerksam zu, bis er sagte, ich wäre seine verwöhnte Tochter:

„Meine Cihan muss Ärztin werden, um ihren alten Vater zu heilen."

An diesem Tag küsste er mich zum Abschied und ich ging zur Schule. Ich kehrte um halb vier zurück. Jedes Mal saßen er und meine Mutter vor der Tür und sprachen über alles Mögliche. Aber dieses Mal war er allein.

Erste Anzeichen von Unbehagen zeigten sich auf meinem Gesicht. Auch wenn meine Eltern immer etwas zu tun hatten – mein Vater beim Roten Halbmond und meine Mutter, die Besorgungen machte oder Zeit bei den Nachbarn verbrachte – waren trotzdem entweder beide hier, wenn ich nach Hause kam, oder zumindest meine Mutter, die ihren Tagesablauf stets um die Versorgung der Familie herumplante. Dass nun aber mein Vater allein war, weckte in mir ein eigenartiges Gefühl, da ich mich nicht daran erinnern kann, dass das jemals der Fall gewesen war. Vielleicht musste ich mich aber auch daran gewöhnen, dass in diesen unruhigen Zeiten Gewohnheiten ebenfalls bröckeln konnten. Ich fragte ihn: „Papa, warum hat meine Mutter dich heute allein gelassen?"

Als hätte er auf diese Frage gewartet, antwortete er mir sofort:

„Es gibt keinen Grund zur Sorge. Deine Mutter

muss einige Erledigungen machen und wollte auch die Nachbarn besuchen. Sie hat mich gebeten, hierzubleiben und auf dich zu warten. Außerdem sollte in diesen Zeiten das Haus niemals leer und verlassen sein, deswegen bin ich dieses Mal hiergeblieben, um wachsam zu sein, falls etwas Unvorhergesehenes passiert."

Er bat mich, mich umzuziehen und zu essen. In der Zwischenzeit kamen seine Gäste, die schnell mehr wurden und sich alle um ihn herum versammelten, um ihm zuzuhören. Unser Haus war in der Zwischenzeit zu einem Art Hauptquartier geworden, in dem alle Informationen der umliegenden Gegenden zusammenliefen. Mein Vater erfuhr durch seine Arbeit beim Roten Halbmond meistens als erstes von Geschehnissen im Umland und bis zur türkischen Grenze, deswegen wurde unser Haus wie das Zentrum eines Spinnennetzes, zu dem alle hingezogen wurden, die etwas Neues erfahren hatten. Deshalb stellte er eine Frage auch gezielt an einen jungen Mann, der aus einem Dorf nahe der Grenze stammte, da er von dort unvollständige Informationen erhalten hatte.

„Mein Sohn, hast du Neuigkeiten aus deinem Dorf und von deiner Familie?"

„Warum Onkel Osman, warum fragst du?"

„Es gibt Dutzende von Panzern, die in der Nähe deines Dorfes aufgereiht sind. Wir wissen aber nicht, warum. Das ist kein gutes Zeichen. Informiere deinen

Vater und die Dorfbewohner. Sie sollen sich auf einen Angriff vorbereiten."

Der junge Mann verstand diese Information als Befehl. Er stand auf und eilte aus unserem Haus, nachdem er zugestimmt hatte.

Mein Vater hatte ein angeregtes Gespräch mit seinen Gästen über die Tiere, Raben und schwarzen Vögel, die um uns herum so zahlreich waren. Ich sah ebenfalls besorgt die Ankunft von Männern, die Schwarz trugen und unsere Stadt umgaben, beobachtete dies aber mit Aufregung und Angst, weil ich es nicht verstehen konnte. Die langhaarigen und abgenutzten Männer der Höhlen erzählten von alten Geschichten und dass sie überall hohe Gebäude zerstören und die Wiederaufnahme von altertümlichen Höhlenmethoden fordern würden. Als ich den Gesprächen zwischen meinem Vater und seinen Gästen zuhörte, zitterten die Gedanken in meinem Kopf wegen der Informationen, die sie austauschten. Ich wusste nicht mehr, was von diesen Reden der Wahrheit entsprach und was sich die Menschen vorstellten und ausdachten. Ich fühlte mich, als würde ich nicht in einer modernen Gegenwart leben, sondern vor tausend Jahren in einer alten, historischen Zeit.

Manchmal kämpften sie mithilfe von explodierenden Autos und schlachteten Menschen mit Schwertern und Messern, manchmal kämpften sie mit Flugzeugen, Raketen, Panzern und Artillerie. Kobane war wie ein einsamer Mann inmitten eines Feuerkreises, der sich Tag für Tag enger zog.

Mehr als wir anderen war mein Vater aktiv in der Bewegung und im Widerstand gegen die Invasoren. Deswegen gab mein Vater meiner Schwester Shirin auch die Waffe Viyans und forderte alle anderen auf, sich auf die schweren Tage vorzubereiten.

Seine Besucher waren so vielfältig, dass sie von jungen Männern und Menschen in der Politik bis zu Menschen wie Hamo, dem General oder dem blinden Salim Kor reichten. Beide waren als mindestens halb verrückt bekannt. Der fünfzigjährige General, der eigentlich keiner war, aber immer Militäruniformen trug, die mit Abzeichen und Sternen geschmückt waren, hörte aufmerksam den Reden meines Vaters zu und war gespannt auf die Nachricht vom bevorstehenden Krieg. Er sah sich als die einflussreichste Figur im Kriegsprozess, dem die Einheiten der Krieger folgten und der die Stellungen der angreifenden Feinde übernahm. Jeder sah seine besondere, schrullige Rolle mit einem geheimen Lächeln, aber Hamo verfolgte die Nachricht von der Bildung einer Streitmacht in diesem Bereich mit großem Interesse und fühlte sich zum Handeln aufgerufen.

Als neue Proteste und Demonstrationen jüngerer Menschen begannen, die für die Freiheit auf die Straße gingen, übernahm der General sofort die

Führung. Wo eine laute Gruppe rief, war der General stets an vorderster Front, um die Gruppe zu leiten. Er schrie aber nicht militärisch-befehlend, sondern ging voran und bat sie alle, ihm zu folgen.

Mit majestätischem Stolz trug er seine Militäruniformen, die von höchstem Rang waren:

„Aufgereiht, aufgereiht. Ich bin ein General und Sie sind meine Soldaten. Nicht durcheinander bringen lassen, in Reih und Glied gehen."

Von diesem Moment an sehnte er sich in seinem Herzen danach, dass seine jungen Soldaten alle bewaffnet werden sollten, obwohl sie alle mittellos waren.

Tag für Tag versammelten sich große Menschenmengen und waren sich sicher, der General würde eines Tages seine Soldaten bewaffnen und die Feinde, die diese Stadt umgaben, würden bedauern, dass sie geboren worden waren.

Und dann war da der blinde Salim, der den gesamten Koran rezitieren und jede Rede mit einem passenden Vers des Korans oder dazu passenden weisen Worten untermauern. konnte.

Als mein Vater zu unseren Leuten sprach, wie dringlich es war, auf die schweren Tage vorbereitet zu sein, und gleichzeitig zur Notwendigkeit mahnte, die Stimmen gegen die Machenschaften des Islamischen Staats und gegen die den IS unterstützende türkische Politik zu erheben, obwohl sich nicht wenige für eine Flucht vor dem IS auf türkisches Staatsgebiet aussprachen, unterstützte Salim meinen Vater sofort mit einem bekannten Sprichwort:

„Auge auf die Tür, Asche auf dem Haupt." – Jeder, der seine Ziele nicht klar vor Augen hat und nicht darum kämpft, eine bessere Zukunft im Sinne seiner Überzeugungen zu schaffen und stattdessen andere für sich kämpfen lässt, würde es nicht nur bereuen, sondern auch die Schande tragen müssen, den feigen Weg gewählt zu haben.

Damit drückte er genau das aus, was mein Vater meinte. Wir, die Bewohner Kobanes und alle Kurden, die wir angegriffen und unterdrückt wurden, würden unsere Probleme nicht lösen und Freiheit und Leben nicht wieder zurück bekommen, wenn wir uns irgendwo hinter der Grenze verstecken und darauf warten würden, dass zum Beispiel die Internationale Allianz gegen den IS, der sich viele westliche und arabische Staaten angeschlossen hatten, den Feind von unserem Land, unserer Heimat tilgte. Wir würden uns in die Abhängigkeit anderer Kräfte begeben und mussten hoffen, dass andere unseren Kampf in unserem Sinne kämpften. Das war nicht der Weg, den mein Vater einschlagen wollte, nicht der Weg, den er für die Bewohner Kobanes und nicht für das gesamte kurdische Volk sah.

Trotz der überzeugenden Worte gab es Gegenstimmen von einigen, die sich selbst und die Kraft unseres Volkes zu schwach und hilflos sahen, um sich gegen so mächtige Gegner zu erheben. Sie forderten, die sich aus dem Norden Syriens zurückziehenden Staatskräfte des Militärs um Hilfe zu bitten, doch auch für sie hatte Salim eines der Sprichwörter parat, die deren Meinung mit einer Aussage sprengte.

„Derjenige, der versucht, ein fremdes Pferd zu reiten, wird am Ende zu Fuß gehen."

Salim meinte damit: Wenn die Kurden in Nordsyrien, die durch das Regime unterdrückt und als lästige Minderheit behandelt worden waren, nun auf eben diesen Schutz und die Hilfe der syrischen Armee hofften, würden sie am Ende das Nachsehen haben und vielleicht sogar die Verratenen sein.

Nachdem unsere Besucher und Gäste uns verlassen hatten, wandte sich mein Vater an mich: „Meine Tochter, meine Cihan, höre deinem Vater zu. Ich werde jetzt zum Krankenhaus gehen. Ich habe jemandem noch Medizin für ein Leiden versprochen. Deine Mutter müsste bald von ihrem Besuch bei den Nachbarn zurückkommen. Achte gut auf sie. Eigentlich hätte ich sie nicht allein lassen dürfen, weil sie krank ist, aber das ist nun nicht mehr zu ändern. Lass jetzt nur du sie nicht allein. Und sei wachsam."

Mein Vater bereitete schnell das versprochene Medikament für eine Freundin vor, die Nierensteine hatte. Er nahm es mit und ging ins Krankenhaus, das neben dem Gebäude des Roten Halbmonds lag.

Meine Mutter war krank. Sie litt an Epilepsie. Jedes Mal, wenn sie einen Anfall erlitt, verlor sie das Bewusstsein und fiel zu Boden. Einer von uns musste immer da sein, um zu helfen. Die meiste Zeit war mein Vater derjenige, der sich um meine Mutter kümmerte, bis sie zu ihrem natürlichen Zustand zurückkehrte und sich ausreichend erholt hatte. Der Unterschied zwischen der Behandlung meines Vaters und der unseren war, dass er sofort den Koran aus der Tasche zog und für meine Mutter las, deshalb riet er uns: „Wenn einer von uns ihr den Koran vorliest, kehrt sie schneller ins Bewusstsein zurück."

An diesem Tag war keiner meiner Geschwister zu Hause. Mein Vater, der sich Jacke und Schuhe angezogen hatte, bat mich, auf meine Mutter aufzupassen, sobald sie von ihren Erledigungen und Besuchen zurückkommen würde, bevor er das Haus verließ.

Ich hatte gerade mein Essen beendet, als meine Mutter hereinkam und aufgeregt nach meinem Vater fragte. Ich antwortete ihr etwas überrascht: „Vater ist zum Krankenhaus gegangen, aber warum bist du so aufgebracht?"

Meine Mutter suchte mit Tränen in den Augen nach meinem Vater, um ihn etwas zu bitten. Ich wollte von ihr wissen, welchen Wunsch sie an ihn hatte. Meine Mutter erklärte: „Eine Frau erzählte mir von Vater, der Shirin Viyans Waffe an deren Grab übergab und sie bat, diese Waffe anzunehmen und zu tragen. Ich dachte bisher immer, dass es Shirins freier Wunsch war, Viyans Weg zu folgen. Aber dein Vater hat Shirins Weg bestimmt."

„Das ist aber doch nicht neu. Du weißt doch, wie sehr er Viyan geliebt hat. Und du hast das doch auch."

„Stimmt, aber Viyan war doch auch eine kurdische Sprachlehrerin. Warum hat dein Vater deine Schwester Shirin nicht gebeten, ihren Stift und somit ihre Lehrtätigkeit zu übernehmen und fortzuführen? Warum hat er ihr Viyans Waffe gegeben? Das macht mich wütend."

„Willst du damit sagen, dass es falsch war?"

„Ich möchte nur nicht, dass mein Herz noch einmal bricht."

In diesen Augenblicken erinnerte ich mich an meinen Vater, der beim Gedanken an Viyan geweint hatte. Es war das erste Mal, dass ich meinen Vater laut weinen und aus Gram und Trauer sich selbst ins Gesicht schlagen sah, während er schluchzte: „Meine Tochter Viyan wurde getötet. Ich werde meine Tochter nie wiedersehen."

Eigentlich war sie nicht nur die Tochter meines Vaters. Bei ihrer Beerdigung erkannte ich, dass sie die Tochter aller Menschen in Kobane war. Also standen alle für sie auf. Viele von ihnen deuteten auf uns und bekräftigten: „Dies ist die Familie von Viyan."

Es gab noch etwas, was meine Mutter nicht wusste. Zu der Zeit, nachdem Viyan zur Märtyrerin geworden war, ging meine Schwester Shirin heimlich zum Ort des Martyriums in Gire Sipi. Sie drückte ihre Hand auf die Erde, in der Viyans Blut versickert war und versprach, ihr Andenken zu ehren und weiterzutragen. Mehr noch, sie würde Viyan rächen.

Mein Vater erfüllte meiner Schwester Shirin bei der Beerdigung auch diese heimliche Bitte, die sie nur ihm anvertraut hatte, nachdem sie Gire Sipi besucht hatte, wo Viyan getötet worden war. Shirin wusste, dass unsere Mutter es ihr nie erlauben würde, zu den Waffen zu greifen, weswegen sie nur unserem Vater diesen heimlichen Wunsch offenbart hatte. Ihr Name wurde zu Viyan. Viyan Rustem war nun der Name, unter dem sie bei den bewaffneten Mädchen bekannt war, denen sie sich nach der Beerdigung angeschlossen hatte.

Weil ich meine Mutter nicht mehr verärgern und dieses Thema beenden wollte, das sie beunruhigte, griff ich wieder einmal nach meinem Schullesebuch und ging nach oben, um zu üben.

Plötzlich ertönte ein gewaltiger Knall einer heftigen Explosion und der Tod kam uns so nah wie noch niemals zuvor. Ohne nachzudenken, hastete ich die Treppe hinunter. Unten weinten meine beiden Schwestern Gulistan und Berivan und meine Mutter war schockiert über die Auswirkungen der Explosion, die sich soeben ganz in der Nähe ereignet haben musste. Ich griff panisch nach der Wasserflasche meines Vaters und trank sie sofort leer. Mein Vater hatte diese jeden Morgen mit Wasser gefüllt, und sie vor uns hingestellt, bevor er begann, den Koran zu lesen. Vater war der festen Meinung, dass Wasser ein sicheres Heilmittel gegen Angstzustände und nächtliche Albträume wäre und er erinnerte uns stetig daran, von diesem Wasser zu trinken, wenn wir einen tiefen Schrecken oder sogar lähmende Angst bekommen sollten. Nur einen Schluck zu nehmen, hätte aber wohl nicht gereicht, da meine Angst so tief ging, aber die ganze Flasche zu leeren, zeigte Wirkung. Das Wasser, das ich schluckte, brachte mir meinen Atem wieder. Mein Bruder Ednan eilte zur Tür herein und fragte nach meinen beiden Schwestern. Als sie ihn sahen, umarmten sie ihn mit Tränen in den Augen.

„Eine große Explosion ereignete sich vor einem Sicherheitskontrollpunkt in der Nähe des Roten Halbmonds. Einige sagten mir, dass meine Schwestern auch Opfer dieser Explosion geworden waren. Deshalb bin ich schnell nach Hause gekommen."

Der Ort, über den Ednan sprach, war sowohl in der Nähe unseres Hauses, als auch in der Nähe des Sprachinstituts. Allmählich sprach es sich herum, dass das Gebäude des Roten Halbmonds im Zentrum der Explosion lag. Die massive Wucht der Detonation hinterließ nur Tote, Asche, Trümmer,

Ruinen und zerstörte Mauern. Ich konnte nicht zu Hause bleiben. Ich machte mich mit meinen Geschwistern, die ebenso unruhig waren wie ich, auf den Weg zum Roten Halbmond, ohne darüber nachzudenken, aber die Sicherheitskräfte hatten bereits alles abgeriegelt und uns zurückgewiesen, noch ehe wir den Ort der Explosion erreichen konnten. Menschen mit schweren Verbrennungen und einzelne Körperteile lagen in diesem Bereich verstreut herum. Auf einer Seite versammelten sich Menschen, um einen jungen Mann, der halb lebendig und halb tot schien, wieder zum Leben zu erwecken. Dieser junge Mann hieß Mahir und war der Sohn unseres Nachbarn. Ich erinnerte mich sofort an die Reden meines Vaters, als ich Mahir am Boden sah. Er hatte immer zu ihm gesagt: „Du bist ein sehr intelligenter Junge. Solche wie du sind die Zukunft dieses Landes. Mahiro, mein Sohn."

Ich konnte diese Szenen nicht ertragen. Meine Kehle fühlte sich wie verbrannt an. Mein erster Gedanke war: „Was wird mein Vater sagen, wenn er zurückkommt und hört, dass auch Mahir durch diese Explosion getötet wurde?"

Verzweifelt und vollkommen hilflos ging ich wieder nach Hause.

Kaum war ich dort angekommen, klopfte es an der Tür. Der traurige Vater Mahirs stand vor der Tür.

„Meine Tochter, wenn Onkel Osman zu Hause ist,

lass ihn meinem Sohn Mahir den Koran vorlesen. Ich weiß, wie sehr dein Vater meinen Sohn geliebt hat, deshalb werde ich meinen Sohn nicht begraben, bevor er nicht den Koran von deinem Vater gehört hat."

Ich wusste nicht, was ich ihm antworten sollte. Meine Mutter vermutete, dass mein Vater mit den Verwundeten beschäftigt sein würde. Darum sagte ich: „Ich denke, mein Vater wird bei den Verletzten im Krankenhaus sein. Er ist noch nicht nach Hause gekommen."

Mahirs Vater runzelte die Stirn und er wirkte aufgrund eines Gedankens noch besorgter, den er nach einer kurzen Pause aussprach.

„Ich komme gerade vom Krankenhaus. Ich war dort, bevor alles abgesperrt wurde. Deinen Vater habe ich dort aber nicht gesehen."

Diese Nachricht ließ etwas in mir mit der Wucht eines in sich zusammenfallenden Gebäudes zerbersten. Mein Herz flüsterte angstvoll, dass meinem Vater etwas passiert sein könnte.

Wer auch immer nach meinem Vater fragte, mein älterer Bruder Ahmed antwortete jedes Mal: „Vater kann in einer solchen Situation nicht zu Hause sitzen. Mit hundertprozentiger Sicherheit ist er bei den Verwundeten im Krankenhaus."

Inmitten dieser Aufregung klingelte das Telefon zu Hause. Perwin war in der Leitung. Im Hintergrund ertönte das Weinen unserer gemeinsamen Freundin

Rima, die große Angst um ihren Vater hatte. Ängstlich und eilig fragten sie mich nach den Einzelheiten der Explosion, die ein unbekannter Angreifer um genau vier Uhr zehn verursacht hatte. Rima riss Perwin das Telefon aus der Hand und sprach mit zitternder Stimme: „Mein Vater hat das Haus vor der Explosion verlassen und ist noch nicht nach Hause gekommen. Ich habe solche Angst, dass etwas passiert ist. Er war ein guter Freund deines Vaters. Kannst du deinen Vater fragen, ob er etwas von meinem Vater weiß?"

Während ich Rima beruhigte, musste auch ich mich selbst beruhigen:

„Mein Vater ist bei den Verletzten im Krankenhaus. Vielleicht ist dein Vater auch bei ihm."

Mit dem Verstreichen der Zeit verwandelte sich jede Hoffnung in Angst und Verzweiflung. Jede weitere Stunde wurde eine Leiche aus dem Krankenhaus zu den Häusern unserer Nachbarn und Bekannten gebracht. Als es nach acht Uhr abends wurde und keine Nachricht von meinem Vater kam, war es nicht mehr möglich, zu Hause sitzen zu bleiben und abzuwarten. Die Zeit war zu lang, das Warten unerträglich. Wir hatten anfangs zwar beschlossen, zu Hause auf den Vater zu warten, um nicht noch mehr zum Chaos beizutragen und die Helfer und Retter nicht in ihrer Arbeit zu behindern und die Familien nicht, wenn sie trauerten und ihre Toten bargen. Vielleicht war es auch die Hoffnung, an der wir uns festzuklammern versucht hatten, dass es Vater gut ging und er nur sehr beschäftigt war. Doch nichts von dem, was wir von anderen hörten und selbst fühlten, hielt uns noch länger zu Hause. Ich wollte zuerst ins Krankenhaus, wo wir unseren Vater am ehesten vermuteten. Wir gingen mit unserer Mutter und den Brüdern Muhammad und Adnan dorthin.

Dort erfuhr ich, dass der verbrannte Körper von Fatih Scheikhe, dem Vater meiner Freundin Rima, gefunden worden war. Ich dachte an das Telefonat mit Rima und war schockiert. Ich wurde auch an den Zustand ihres kranken Bruders erinnert, den mein Vater ebenfalls zur Linderung seiner Krankheit behandelt hatte. Aber die Suche nach meinem vermissten Vater verdrängte alle anderen Gedanken aus meinem Kopf.

Einige Leute sagten uns, dass er vielleicht mit den Verwundeten nach Siruc auf die türkische Seite gereist sein könnte, aber mein Herz pochte wild.

Als mein Bruder zurückkam, fragte er meine Mutter: „Mutter, gab es Dollar in der Tasche meines Vaters?“

Meine Mutter antwortete sofort: „Ja, heute waren zwei Dollar in seiner Jackentasche.“

Diese Tatsache wurde zum schrecklichen Beweis, dass mein Vater der andere alte Mann war, dessen nicht identifizierter Körper gefunden worden war. Meinen Brüdern stiegen Tränen in die Augen und meine Mutter brach zusammen, sie machte weder Geräusche noch Bewegungen. In diesen Momenten bekam ich plötzlich Schmerzen, ein schrecklicher Schrei hatte sich tief in mir festgesetzt, ohne herausbrechen zu können. Ich weinte, aber bemerkte nicht, ob meine Tränen flossen oder nicht. Ich erinnere mich jetzt, dass ich noch versuchte, meine Mutter zu beruhigen. Nachdem ein Umstehender oder Vorbeigehender, der seine Anteilnahme ausdrücken wollte – ich war nicht fähig, mich nach ihm umzusehen, da Mutter meine ganze Aufmerksamkeit hatte – meinen toten Vater mit dem Wort „Märtyrer“ bedachte, das mein Vater so sehr geliebt hatte, sprach ich weiter mit meiner Mutter, damit sie nicht ohnmächtig wurde oder gar einen Herzinfarkt oder epileptischen Anfall erlitt. Mein Bruder Muhammad ging auch, um sich zu vergewissern, dass der verbrannte Körper wirklich der unseres Vaters war. Bei seiner Rückkehr bestätigte er die furchtbare Vermutung. Ich wollte in dieser Situation nicht das Gesicht meines Vaters sehen. Solange ich lebe, möchte ich, dass das Bild seines Gesichts vor meinen Augen immer schön bleiben soll. Ich erlaubte auch meiner Mutter nicht, ihn in diesem Zustand zu sehen. Mit gebrochenem Herzen, Trauer und Schmerz kehrten wir nach Hause zurück. Alle Nachbarn, Freunde und Angehörigen meines Vaters, die in dieser Nacht zu uns kamen, riefen meine Schwester Shirin an. Ohne ihr zu sagen, was passiert war, wurde sie gebeten, schnell nach Hause zu kommen. Shirin oder Viyan Rustem, wie ihr neuer Name nun war, hatte eine Verantwortung innerhalb der militärischen Gruppen der kurdischen Frauenverteidigungseinheiten, die auch als YPJ bekannt waren. Und trotz allem, trotz des stetigen Näherrückens der Mitglieder des Islamischen Staates, der Soldaten des Kalifats, kam Shirin zu uns. Am nächsten Morgen wurden elf Leichen, elf verschiedene Särge, aufgereiht. In einen davon wurden die Teile meines verbrannten Vaters eingebettet. Und auch ein großer Teil meines Herzens.

Walnussbaum

Das, was in diesen Zeiten die wenigste Aufmerksamkeit bei den Menschen hervorrief, war der „Tod auf Gottes Befehl“. „Gottes Befehl“ – ein natürlicher Tod, meist im Alter – war dieser Tage selten geworden und kaum noch erwähnenswert. Die Menschen starben eher, weil die Menschen dies wollten. Alte Menschen starben seltener an Altersschwäche, doch Jugendliche starben häufiger, da sie sich auf den Befehl anderer hin gegenseitig töteten. Als die Fundamentalisten dies hörten, lachten sie und sagten: „Vielleicht sind die Getöteten auch auf Gottes Befehl gestorben? Vielleicht will er es so?“

Manche antworteten: „Nein, sie töten sich gegenseitig auf Geheiß der Menschen.“

Sowohl die Trauer als auch der Tod, die in diesen Zeiten zu einem bitteren Scherz geworden waren, beschäftigten alle und ließen sie den Leichen zu ihren Begräbnisstätten folgen, als warteten sie darauf, dass sie selbst an die Reihe kämen. Niemand wusste, von welcher Seite eine tödliche Kugel kommen, wann eine plötzliche Explosion stattfinden würde und wie schnell man von einem lebendigen Körper zu einem toten werden konnte. Fast täglich begleitete man Getötete bei Zeremonien und Begräbnisprozessionen. Nur ein Augenblick und man würde selbst zum Mittelpunkt einer dieser Zeremonien werden, zu einer solchen Leiche, die man kurz zuvor nur begleitet hatte.

Der Klang der Kriegstrommel war laut. In einem Land, in dem Krieg herrscht, werden täglich Leichen zu den Familien gebracht, damit die Angehörigen und Freunde sich verabschieden und sie dann in Trauermärschen zu ihren Begräbnisstätten auf die Friedhöfe bringen konnten. Auf diesem Land stehen nur noch tote Bäume, deren Blätter sich vor Trauer schwarz gefärbt hatten, ehe sie tot zu Boden gefallen waren und den Baum nackt und kahl zurückließen. Über dieses Thema gab es lange Diskussionen zwischen dem Vater und seinem engen Freund Salim Kor, Salim der Blinde. Das Herz von Osman, Rodis Vater, war stark und er sah Beerdigungen als Tribut an die Freiheit. Im Gegensatz dazu sah Salim Kor jede Beerdigung als großen Verlust und distanzierte sich von dieser Philosophie.

„Nur wer am Leben ist, kann sein Leben und das seiner Mitmenschen verbessern."

Osman stellte die folgende Frage: „Wenn sich niemand für die Ehre und Freiheit seines Landes einsetzt und kämpft und niemand zum Märtyrer wird, wer wird ihm Ehre und Freiheit bringen?"

So war Salim Kor mit dem Einsatz seines Sohnes

und seiner Tochter in den Streitkräften unzufrieden und damit nicht einverstanden. Immer wenn er kurzatmig und verärgert war, wandte er sich an seinen Freund Osman und sagte: „Siehe, Bruder, Gott nimmt mit einer Hand und gibt mit der anderen. Gott hat meine Augen von mir genommen, mir aber ein starkes Herz und einen gesunden Körper gegeben."

Sein Freund antwortete lachend: „Ich bin dein Auge und du bist mein Herz."

Salim Kor kannte die Straßen und Gassen der Stadt, eine nach der anderen, und ging dorthin, wo er wollte, ohne jemals einen Stock in der Hand tragen zu müssen. Wenn es also um Reisen und Flucht ging, sagte er mit lauter Stimme: „Kobane und ich sind wie Fisch und Wasser. Wenn ich von hier rauskomme, werde ich sterben. Glaub mir, es geht nicht nur um jemanden, der blind oder nicht blind ist, sondern um die Seele. Es gibt einige, die ihrem Land leicht den Rücken kehren können und nie zurückkommen, ohne Reue zu empfinden. Es gibt andere wie mich, deren heimatliche Wurzeln und Geist und ihre Existenz so miteinander verflochten sind, dass keine Kraft auf der Welt sie trennen kann."

Osman genoss seine Rede und wollte die Atmosphäre angenehm gestalten und nicht mit Widerworten zerstören.

„Gott bewahre, dass jemand auswandert und zum Ausländer wird."

Mit dem Wort Amen kamen sich die beiden Freunde näher und kehrten zu einem alten Gespräch zurück, das sie vor einigen Monaten geführt hatten, als Konflikte, Krieg und tägliches Morden noch in weiter Ferne waren.

Sie waren auf der Suche nach einer Braut mittleren Alters für Salim Kor gewesen. Vor zwei Jahren war seine Frau an Krebs gestorben und er kam vor einem Jahr hierher und hatte gesagt: „Bruder, wenn mich sonst niemand versteht, du wirst mich verstehen."

„Ja, bitte, lieber Freund?"

„Bruder, du weißt, ich bin ein Blinder. Gott sei gedankt, dennoch hat er mir die beiden schönsten Dinge im Leben genommen. Das eine sind meine Augen und das andere meine Frau."

„Du hast Recht. Aber Gott ist gnädig, mein Freund."

„Bis vor kurzem war mein Zustand gut, weil meine Frau sich sehr um mich gekümmert hat, aber jetzt bin ich alt und einsam."

„Trotzdem, möge Gott uns Gesundheit schenken."

„Weißt du, ich werde immer blind sein. Die Jugend kehrt nicht zurück, meine einzige Hoffnung ist, eine Frau zu finden. Frauen gelten auch als die Säule des Hauses. Das haben unsere Vorfahren gesagt."

Er hob den Kopf, streckte die Kehle und sagte halb im Scherz zu Osman: „Das Einzige, was mir in diesem Leben bleibt, ist davon zu träumen, eine Frau zu finden, die mir Wärme gibt. Die Wärme einer Frau ist das Einzige, was ich dringend brauche, bevor ich diese sterbliche Welt verlasse."

Osman antwortete lachend: „Nach einem langen Leben mein Freund. Ich verspreche dir, dass ich dich auch im Auge behalten werde."

Sie lachten beide und beendeten ihre Rede.

„Ich habe schon vorher gesagt, mein Bruder, es gibt niemand anderen, der mich so gut versteht wie du."

Nun hatte Osman beide Augen vor der Erwartung des blinden Salim, vor seinen Kindern, vor seiner Frau und vor der ganzen Welt für immer verschlossen. Der blinde Salim fühlte sich mehr als jeder andere einsam und sagte sich: „Der General und ich wurden alleingelassen. Der, der gut zu mir war, ist weg und wird nie wiederkommen. Es war zu früh, Bruder. Es war zu früh."

Während er nicht verhindern konnte zu weinen, weinten auch die umgebenden Mauern und die Steine auf den Straßen mit ihm, die Grabsteine für die Jugendlichen auf dem Stadtfriedhof, meine zitternden Äste und meine tief in diesen traurigen Boden versunkenen Wurzeln.

Rodi

Mein Auge war voller Sehnsucht und wartete auf die Ankunft des bunten Vogels, der plötzlich auftauchte und ebenso plötzlich wieder verschwand. Das andere Auge war beim Anblick des Sarges meines Vaters und der Erinnerung an seinen plötzlichen Tod mit Tränen gefüllt. Alle Menschen in Kobane waren auf der Straße.

Ich wusste nicht, wie meine Blicke zwischen den Tausenden von Anwesenden diese beiden grünen Augen finden sollten. Die Leiche von Fathi Sheikhe, dem Vater von Perwins Freundin Rima, lag neben der Leiche meines Vaters. Perwin ging Schritt für Schritt neben ihrer Freundin. Alle gingen zum „Dicle Martyrs" Friedhof. Die Stimmen von Tausenden von Menschen mischten sich. Doch wurden sie eins, vereinten sich in zwei Worten:

„Şehîd namirin" - Märtyrer sind unsterblich.

Dies sind die Worte, mit denen Hunderte von Müttern ihre Kinder begruben und mit ihnen die Berge von Träumen aufgaben, die sie für diese erhofft und vorgesehen hatten.

Auf jeden Fall schickte Perwin durch ihre beiden

magischen Augen, im Schatten verborgen, versteckte Nachrichten. Ihre Botschaften leuchteten wie Blitze und Strahlen aus den Wolken des Todes. Gefühle waren manchmal sehr seltsam. Einerseits lag die Leiche meines Vaters am Boden und andererseits flog etwas zum Himmel meines Herzens. Tod auf Erden und Liebe im Himmel. Plötzlich rief mir jemand zu.

„Rodi! Rodi!“

Als wäre es Perwins Stimme gewesen, drehte ich mich eilig um. Die Stimme gehörte aber meiner Schwester Cihan. Sie wollte, dass ich unserer Schwester Shirin mitteile, dass sie am Grab unseres Vaters eine Rede halten und über ihn sprechen sollte, sobald ich sie sehen würde. Shirin kam auch zum Begräbnis unseres Vaters, in ihrer Kampfuniform und ganz und gar bewaffnet. Unter den elf Toten befanden sich auch drei kleine Särge. Darin lagen die toten Körper von drei Flüchtlingskindern. Die drei Kinder waren aus den Kriegsgebieten geflohen und zu uns gekommen. Ihr Fehler war, dass sie sich in diesen Momenten sicher fühlten und in der Nähe auf der Straße spielten, als der Mörder Hunderte von Menschen töten wollte. Vielleicht waren sie in diesen Momenten glücklich, sodass sie die tödlichen Klauen der Bestie nicht hatten kommen sehen, die die Opfer gierig in ihren tödlichen Schlund schaufelte. Der Mörder kam und nahm jede weitere Gelegenheit von ihnen, selbst zu bestimmen. Er änderte ihr Schicksal und ließ die Kinder für immer allein zurück. Der Mörder hatte ein Auto vorbereitet und mit Treibstoff und einem Sprengsatz beladen, der Hunderte von Menschen töten konnte. Sein Ziel war die Einrichtung des „Roten Halbmondes", doch zu dessen Schutz waren die Volksverteidigungseinheiten direkt neben dem „Roten Halbmond" stationiert worden. Wie es schien, konnte der Attentäter den für seine Gräueltat ausgewählten Ort nicht erreichen, also explodierte sein tödliches Gefährt, bevor er am gewünschten Ziel ankommen konnte. Nur ein Verteidiger des Platzes auf Seiten der Kämpfer wurde verwundet und sein Bein musste amputiert werden. Doch abgesehen davon breitete die Explosion ihre Flammen aus und vernichtete, verbrannte, tötete und zerstörte. Überall war Feuer, schwarzer Rauch, abgetrennte menschliche Gliedmaßen, Wunden, bröckelnde Wände und zerbrochene Fensterscheiben.

Die Verwundeten wurden ins Krankenhaus in Kobane gebracht, einige von ihnen mussten ins Krankenhaus nach Siruc transportiert werden. Am Anfang hatten wir alle vermutet, dass auch unser Vater damit beschäftigt gewesen war, die Verwundeten zu versorgen, doch der Mörder gab ihm keine Chance zu helfen. Das Schicksal hatte das Leben meines Vaters genommen und wir mussten ihn in der kalten Erde begraben. Inmitten dieser Menge stand Salim Kor vor der Leiche meines Vaters und rezitierte ohne

Unterbrechung den Koran. Auch der General mit all seinen Zeichen und Auszeichnungen auf seiner Militäruniform ging stolz und stumm neben den Toten her. Shirin hatte sowohl meine Mutter als auch meine Geschwister gebeten, nicht um die Toten zu weinen. Als sie jetzt nicht als Shirins, sondern mit ihrem Kampfnamen Viyan Rustem eintraf, trat sie vor die Leute und sprach am Grab ihres Vaters.

„Ich habe immer gesagt, dass mein Vater eines Tages stolz auf mich sein und er sich den Vater einer Märtyrerin würde nennen können. Aber nun kam der Tag und ich bin stolz auf meinen Vater, denn nun bin ich die Tochter eines Märtyrers."

Es war nicht leicht für mich, meine Tränen zu stoppen. Es war das erste Mal, dass ich meine Schwester Shirin so sah und erlebte. Die süße Shirin versprach ihren Freunden und ihrem Vater Rache und war stolz darauf, die Waffe zu tragen, die ihr Vater ihr gegeben hatte.

„Ich habe Viyan ein Versprechen gegeben und dieses Versprechen gebe ich dir jetzt auch, Vater. Deine Rache wird nicht auf Erden ruhen, ich werde sie aufnehmen und weitertragen."

Sie beendete ihre Rede mit gebrochenem Herzen: „Seid gewiss, die Hände des Feindes sind unter uns. Die Verursacher dieser Explosion stammen aus Kobane. Ohne ihre langen Arme mitten unter uns, könnte niemand von außerhalb so etwas tun. Aber wir werden dies nicht zulassen und der Tag, an dem unsere Freiheit wieder erblüht wie ein grünender Baum, ist nahe. Das Ziel des Mörders war es, Tausende von Leichen aufzureihen. Doch unsere Hoffnung ist größer, dass dieses Land neuen und besseren Zeiten entgegenblicken wird."

Aber seit diesem Tag hatte ich die große Befürchtung, dass diese Stadt von nun an keinen Trost, keine Ruhe mehr finden würde. Ich fürchtete sowohl um mich selbst als auch um das Schicksal meiner Liebe.

Völlig unerwartet rissen mich zwei grüne Augen aus meinen Träumen. Eine leise, sanfte Stimme erreichte meine Ohren.

„Der Platz deines Vaters ist das Paradies. Herzliches Beileid!"

Ich wusste nicht mehr, wie Perwin aus meinem Blickfeld verschwunden war und wie sie nun vor mir wieder auftauchen konnte. Es war das erste Mal, dass ich bemerkte, dass ihre Augen nicht ganz grün waren. Die Sonnenstrahlen des Todestages, die an jenem Tag auf diese Erde geworfen wurden, spiegelten sich in ihren Augen wieder und deren Farbe war honiggelb geworden. Ich sah ihr vorsichtig in die Augen und dankte ihr. Die grünen Blicke ließen alle Zweige meines Geistes und meiner Seele grün werden. Auch die gelbe Farbe in ihren Iriden hinterließ in meinen Sinnen einen süßen, honigartigen Geschmack. Wie ein Kind, das gerade laufen lernte, wollte ich mit aller Kraft verhindern, zu fallen. Es kam mir so vor, als gehörten meine Knie nicht mehr mir und verrieten meinen Körper. Ich wusste nicht: War es wegen des Schreckens des Todes oder der Last der Liebe.

Vom Friedhof kehrten die Menschen langsam in ihre Häuser zurück. Die anderen weinten alle über ihre Toten. Einerseits weinte auch ich über den Tod meines Vaters und andererseits weinte ich über meine vom Tod umgebene Liebe. Ich fand mich mit Perwin neben dem Friedhof wieder, wie zwei Menschen, die sich schon lange kennen. Wie zwei Menschen, die sich nahe stehen. Wie zwei Menschen, die einer Familie angehören und einen gemeinsamen Tod betrauern und zu dessen Grab gekommen sind. Wir setzten uns gegenüber hin und sprachen über uns und über sie. Perwin erzählte von ihrem schlechten Schlaf und den Träumen, die sie nachts wachhielten. Ihre Worte waren so unerwartet. Von außen sah Perwin aus wie ein schönes, schlankes, auffälliges Mädchen, wie ein weißes Blatt, auf das niemand geschrieben hatte, aber sie war in Wirklichkeit anders. Einige ihrer Träume warteten darauf, erfüllt zu werden, doch ebenso gab es Schmerz, Geschichten, Geheimnisse und viele andere Dinge, die nicht erzählt werden konnten. Sie scherzte sogar ernsthaft über ihre Tag- und Alpträume. Sie hatte eine Zeitlang Tabletten deswegen genommen, aber wegen der Nebenwirkungen auf ihren Körper hatte sie die Medikamente aufgegeben. Sie sagte es nicht direkt, aber es war trotzdem klar, dass ihr Leben nicht so einfach, unbeschwert und uninteressant war, wie ich es erwartet hatte. Mit ihrem komplexen und schnellen Bericht über ihren Zustand legten sich die Finger einer schmerzverursachenden Hand um mein Herz, das sich mit jedem Schlag wand und versuchte, sich aus diesem Griff zu befreien. Ich fragte mich insgeheim: „Warum erzählt mir Perwin all diese Geschichten? Will sie mir sagen: Gib mich auf, denn ich habe einen anderen Mann in meinem Leben? Oder fühlt sie sich wohl bei mir und öffnet mir deswegen ihr Herz?"

Ich war verwirrt von den Widersprüchen zwischen ihrer Rede und ihren Handlungen. Mit einer Hand öffnete sie die Tür für meine Liebe und mit der anderen verschloss sie mir die Tür zu ihrem schwierigen Leben. Ich musste all diese Probleme lösen, doch dies konnte natürlich nicht an einem einzigen Tag wie heute geschehen. Ich freute mich sehr, als ich erfuhr, dass sie manchmal die Frau meines älteren Bruders besuchte. Mit etwas Geschick hatte ich von nun an den Ort zukünftiger Begegnungen mit meiner Liebe gefunden. Aber diesmal war es die Explosion und der Tod meines Vaters, die uns davon abhielten, uns Liebesgeschichten fernab des Todes zu erzählen.

Wenn diese wilden, schwarzen Bestien, die uns mit ihren geschärften, blutigen Klauen umzingelt hatten, nachgegeben hätten, könnte ich diese Geschichte mit meiner schönen Perwin weiterspinnen und zu einem guten Ende führen. Kriegsgeräusche drangen an mein Ohr, während mein anderes Ohr voll war mit Perwins Stimme, der Stimme der Liebe. Perwin und ich hatten uns mittlerweile auf den Heimweg gemacht. Ohne einander irgendwelche Versprechungen zu geben oder darüber zu reden, wussten sie und ich, dass wir uns bald wiedersehen würden.

Doch so wie die Liebe zu Perwin mir Hoffnung gab, mich stärkte und wärmte, war es die Liebe zu meiner Stadt Kobane, die mir meine Kraft wieder raubte und mich ängstlich, hilflos und besiegt zurückließ. Mir wurde immer gesagt, dass Liebe den Menschen Stärke und Mut gibt. Doch kaum ein Gefühl wie die Liebe kann so sehr in beide Extreme ausschlagen, einem ein Hochgefühl und grenzenlose Kraft vermitteln und einen andererseits voller Sorge, gebrochen, elend und arm zurücklassen.

Cihan

Die Veränderungen der letzten Tage hatten Rodi in vielen Bereichen unter großen Druck gesetzt. Einerseits hatte der Tod des Vaters die gesamte Verantwortung der Familie auf seine Schultern geladen, da er der älteste, noch unverheiratete und noch zu Hause lebende Sohn war. Seine älteren verheirateten Brüder lebten allesamt mit ihren Familien in anderen Häusern.

Muhammad und Ahmed waren aber mit ihren Familien für ein paar Tage zu Besuch gekommen.

Ansonsten hatten mich Rodis lange Telefongespräche sehr neugierig gemacht. Mit einem Witz der Frau meines Bruders Ahmed wurde mir klar, wer die Person am anderen Ende der Leitung bei diesen Gesprächen war. Meine Schwägerin sagte lachend zu mir: „Ich bin Perwin dankbar. Durch ihre Besuche sehen wir jetzt auch Rodi öfters."

Ich wusste, dass diese Freundschaft über Worte hinausging und sie sich manchmal nur im Haus der Frau meines Bruders Ahmed trafen. Einerseits war ich froh, dass die eine Seite dieser Liebesbeziehung mein Bruder war und die andere Seite eine enge Freundin von mir. Aber gleichzeitig befiel mich auch eine große Angst um diese Liebe. Das Schicksal dieser Liebesbeziehung drang in mein Herz ein und die schwarzen Fahnen, die von ihren Besitzern um uns herum getragen wurden, ließen keinen Optimismus zu.

Als jemand an die Tür klopfte, fiel mir ein, dass ich in diesem Moment allein zu Hause war und die Tür öffnen musste. Doch nach dem Öffnen der Tür blieb mir das Herz stehen. Da stand jemand, der aussah wie mein Vater, von Kopf bis Fuß in Weiß gekleidet. Sein Bart und Schnurrbart waren ordentlich kurz geschnitten und ebenfalls weiß. Ein Stock lag wie eine Krücke in seiner Hand. Er wartete darauf, dass ich zur Seite treten würde, um ihn ins Haus zu lassen. Ich merkte nicht, wie meine Beine zur Seite rutschten und er ins Haus schlüpfte. Ich wusste nicht mehr, ob es ein Traum oder ein Mitternachtsalptraum war. Aber eines war sicher: Es war mein Vater.

Nachdem er sich umgesehen hatte, als wolle er nachsehen, was sich im Haus verändert hatte, drehte er sich zu mir um und überraschte mich schließlich.

„Ja, meine Tochter, ich bin die Seele deines Vaters. Du wirst mich sehen, wann immer du mich brauchst."

In diesem Moment ertönte das Geräusch der Tür erneut und ich kam wieder zu mir. Ich fand mich an demselben Platz wieder und bemerkte erst jetzt, dass die Begegnung mit meinem Vater nur eine Illusion gewesen war. Die Seele meines Vaters verschwand mit der Ankunft meiner Mutter und meiner Schwester

Berivan. Ich wagte es nicht, meiner Mutter von der Ankunft der Seele meines Vaters zu erzählen. Ich zweifelte daran, ob das, was ich gesehen hatte, der Wahrheit entsprach oder lediglich ein Trugbild war. Ein tränenreicher Schrei drängte sich in meine Kehle und wollte sich nicht mehr lösen:

„Weinst du, meine Tochter?"

„Ja, ich musste gerade an meinen Vater denken."

Am nächsten Tag erzählte mir meine Mutter beim Frühstück, dass sie letzte Nacht meinen Vater ebenfalls im Traum gesehen hatte. Er trug Weiß und hatte einen Koran in der Hand, den er ihr geben wollte. Als meine Mutter über seine weißen Kleider sprach, wandte sich mein Blick nach innen zu einer klaren Vorstellung meines Vaters in meinem Kopf und meine rebellierenden Gefühle ließen mich zwischen Realität und Fantasie taumeln. Meine Mutter kam aufgrund ihres Traums zu diesem Schluss: „Meine Tochter, es ist lange her, dass wir das Grab des Vaters besucht haben. Im Traum reichte er mir den Koran, damit du zu seinem Grab gehen und einige Verse des Korans lesen kannst. Hast du verstanden?"

„In Ordnung, Mama."

An diesem Tag las ich den Koran am Grab meines Vaters. Ich wurde an seine Erzählungen über seine Kindheit und Jugend erinnert, von denen er uns immer wieder gerne berichtet hatte. Wenn er über das ehemalige Kobane gesprochen hatte, sprach er immer über das Wasser und sein Grün, über den großen See, der heute klein war und die Umgebung aufgrund des Wassermangels wie eine karge und trockene Wüste aussehen ließ. Er hatte sich erinnert, dass er neun Jahre alt gewesen war, als das Kino in Kobane zum ersten Mal eröffnet worden war. Er hatte über seine Tränen bei indischen Filmen gesprochen, wie er sich Tag und Nacht Sorgen um den Zustand der Helden in den Filmen gemacht hatte. Mit einem leichten Lächeln hatte er seine Erinnerungen immer beendet und gesagt: „Mir wurde zu spät klar, dass die Filme, die wir sahen, von Schauspielern gespielt wurden und nichts mit dem wirklichen Leben zu tun hatten."

Sein Gesicht hatte sich immer aufgehellt, wenn er die klare Wasserfontäne erwähnte, die in der ganzen Region berühmt war. Es gab viele verschiedene Legenden und Geschichten, warum das Quellwasser ausgerechnet aus dieser Gegend floss und nicht von anderswo. Einige sagten, es könnte eine der Quellen des Himmels sein, während andere es mit dem Dahinscheiden von Propheten und guten und heiligen Persönlichkeiten in Verbindung brachten. Ebenso verbanden einige das Versiegen der Quelle und die Trockenheit mit Gottes Zorn und den neidischen Augen der Bösen. Inmitten dieser Geschichten kam mein Vater an diesem Tag in seinen weißen Kleidern in meine Träume.

Sein Anblick in meinen Gedanken und Träumen

erinnerte mich daran, wie sehr er sich immer um meine kranke Mutter gekümmert und viele ihrer Lasten abgenommen hatte. Besorgt dachte ich daran, wie einsam sie nun ohne ihn sein musste. Im Haus war sie selten allein, eines meiner Geschwister war immer da. Dennoch fühlte sie sich ohne ihren Mann einsam, eines wichtigen Teils ihres Lebens beraubt.

Immer wenn ihre Krankheit sie durch einen Anfall hilflos machte, hatte sie auf die Hilfe meines Vaters gewartet. Sie wollte nicht, dass ihre Kinder sie in diesem Zustand sahen, besonders, wenn sie wie ein verwundeter Vogel auf dem Boden kroch und sich hilflos fühlte. Aber es gab keinen Menschen, niemanden, nichts auf der Erde, der meinen Vater ersetzen und den Zustand des Hauses wieder lebendig machen konnte.

Seit dieser Explosion herrschte bei allen große Angst, denn alle Opfer waren entweder Kinder oder Menschen, die keine Waffen getragen und sich nicht an Kampfhandlungen beteiligt hatten. Die Explosion in der Stadt hatte alle in einen schlimmen Schock versetzt. Zuerst hatte meine Mutter geweint, als Shirin zu den Waffen gegriffen hatte, jetzt weinte sie erneut wegen des Todes unseres Vaters. Die Verbreitung von Kriegs- und Mordnachrichten legten eine neue Form der realen Angst über alles. Eine Angst, die sich mittlerweile mit Traurigkeit und Hoffnungslosigkeit gepaart hatte.

„Es ist schon ein paar Tage her, dass Shirin zuletzt angerufen hat. Ich weiß nicht, wie es ihr geht. Möge Gott sie vor diesen langbärtigen Ungläubigen beschützen!" So flehte meine Mutter auf ihrem Gebetsteppich.

Diejenigen, die uns umzingelt hatten, wollten uns niederreißen, uns die Köpfe abschneiden und hofften und warteten auf die Ermordung von Shirin und ihren Freunden - alles im Namen desselben Gottes, zu dem meine Mutter betete. Doch für sie – die Feinde - war das Vergießen des Blutes von Shirin, ihrer Freunde und all ihrer Familien und Verwandten „halal" – vor Gott erlaubt und somit keine Sünde - denn wie sie behaupteten, waren wir ungläubig und gottlos.

Eine andere schwerwiegende Tatsache, die keiner von uns laut auszusprechen wagte, war die Leere, die der Vater in der ganzen Familie hinterlassen hatte. Rodis Verantwortung wog schwerer als die von uns anderen, da er nun der älteste, noch im Elternhaus lebende Sohn war. Wenn das Geld, das er mit seiner Näh- und Schneiderarbeit verdiente, nicht ausreichte, arbeitete er härter. Er arbeitete zusätzlich lange Zeit an den Maschinen zur Herstellung von Zementblöcken. Das Familienleben, mein Leben, das Leben dieser Stadt, das Leben dieses Landes war wie ein Topf voll Wasser auf einem heißen Feuer.

Ich wusste nicht, was vor mir lag. In der Zwischenzeit konnten wir mit Shirin sprechen und verstanden aus dem Telefonat die Wichtigkeit ihrer weiteren Aufgaben. Ihre Freunde und sie befanden sich in Vorbereitung darauf, dem Hilfeschrei aus Shingal zu folgen. Es war der mittlerweile vierundsiebzigste Hilferuf nach dem vierundsiebzigsten Befehl zur Vernichtung der Jesiden. Das vierundsiebzigste Massaker an den Jesiden und das vierundsiebzigste Mal, an dem Gott bedauert und bereut hat, die Menschheit in ihrer Wildheit erschaffen zu haben. Wir wussten, dass viele Kämpfer in Richtung Shingal marschierten, aber wir hatten keine Ahnung, was das Schicksal für meine Schwester Shirin bereithalten würde.

Inmitten dieses Chaos des Todes, inmitten dieses Sterbens durch Hunger und Durst, inmitten dieses Mordens und der Plünderung und des Gemetzels, stellte ich mir die blinden Augen des Kindes Azizo vor, wie der kleine Junge Aziz genannt wurde, dessen Geschichte mir erst kürzlich von Widerstandskämpfern erzählt worden war, die vom Ort des Geschehens zurückgekehrt waren.

Es war August in Shingal, einer irakischen Stadt, in der hauptsächlich Jesiden lebten, es war brütende Hitze in der nahen Wüste und es gab einen Befehl zur Vernichtung und zum Genozid durch die Soldaten Gottes. Diese trugen ihre Messer unter ihren schwarzen Fahnen, welche mit dem weißen Schriftzug „La ilaha illallah“ - Kein Gott außer Allah - beschrieben waren, und schnitten den Jesiden – den „Kindern

Gottes“ - einem nach dem anderen den Lebensfaden ab, während sie ihre Mütter und Schwestern als Sklaven nahmen. Ich hätte mir diese Grausamkeiten, die an den Jesiden verübt worden waren, nicht vorstellen können, würden dieselben Schlächter nicht nun auch in Kobane ihr blutiges Werk tun. Ich würde mich noch oft an die Berichte aus Shingal und an die Geschichte des kleinen Aziz erinnern, eines der grausigen Beispiele, das zum Alltag geworden war.

Walnussbaum

Diese erste Explosion beendete die Zeit der weißen, unblutigen Stille, jener Zeit, in der die Anspannung in der Luft, die Stadt unter einer Glocke von nahendem Unheil lag, doch kein Blut vergossen wurde. Mit der Explosion war diese weiße Stille zu Ende. Dass nun eine blutige Zeit beginnen würde, spürte ich durch meine Wurzeln tief unter dieser Erde und durch den Wind, der den Geruch von Schießpulver und verbranntem Menschenfleisch mit sich trug, welcher durch meine Äste bis in die Blätter vordrang. Das Glück eines Walnussbaums fühlte ich nicht, aber so traurig war ich auch nicht. Denn so wie ich, wartete auch jeder andere auf eine Veränderung. Auf etwas Neues. Darauf, dass sich Tag und Jahr nicht mehr einander glichen. Als Rima, Perwins Freundin, ängstlich durch die Tür trat und nach dem Schicksal ihres Vaters fragte, machte sich Perwin selbst Sorgen um das Schicksal ihrer Eltern, Schwestern und Brüder. Ich, der alte und zahnlose Baum, konnte das Herannahen schlimmer Ereignisse besser riechen als jeder Hund. Als Rima mit der Hoffnungslosigkeit und Verzweiflung eines sterbenden Vogels in ihren Augen zu Perwins Haus kam, machte ich Perwin und Rima darauf aufmerksam, dass ihre engste Freundin Cihan schon am Ort der Explosion gewesen war. Perwin könnte Cihan nach dem Verbleib von Rimas Vaters fragen.

Ich wusste nicht, ob Cihan ihnen etwas sagen konnte oder nicht, aber keiner glaubte, dass Rimas Vater unversehrt war. Außer mir waren an diesem Tag alle mit der Explosion und ihren Opfern beschäftigt. Ich hatte es aber auch mit den anderen Gerüchten von nahenden Feinden und erschütternden Angriffen zu tun, mit dem Krieg, der nach dieser Explosion die Straßen dieser Stadt verschlingen würde. Ich war froh, dass es noch einen anderen gab, der sich, so wie ich, auf die Ereignisse vorbereitete, die noch bevorstanden. Es war General Hamo. In dieser Stadt fiel mir auf, dass sich an der Widerstandsbewegung gegen die Angreifer nur junge Leute, Mädchen und Jungen, beteiligten, die ihre Stadt verteidigen und wieder in die Freiheit und ein friedliches Leben zurückführen wollten. Es gab kaum ältere Menschen, die sich diesem Kampf stellten. Doch immer, wenn ich diesen Gedanken hatte, kam, als würde er mir das Gegenteil beweisen, General Hamo zu mir. Er war kein General, alles passierte in seinen Vorstellungen und in einer psychisch etwas entrückten Realität, doch er erzählte seine Geschichten, als wären es seine eigenen, als hätte er sie selbst erlebt. Dabei holte er all seine Erlebnisse aus der Geschichte Syriens und stellte sich sehr lebhaft vor, dabei gewesen zu sein. Auch mir hatte er „seine“ Vergangenheit schon dutzende Male erzählt. Er sprach seit Jahren von seinem Vater, der Offizier im Dienst von Marschall Husni al-Zaim in den syrischen Streitkräften der noch sehr jungen Republik Syrien gewesen war. Al-Zaim, ein Kurde, hatte sich im ersten unblutigen Militärputsch nach der Unabhängigkeit, die Syrien 1946 erhalten hatte, durchgesetzt und wurde im Jahr 1949 für viereinhalb Monate Präsident der jungen Republik. In diesen Monaten wurde dessen Schwiegervater Muhsin al-Berazi, der ebenfalls Kurde war, Ministerpräsident. Die Herrschaft der beiden wurde durch einen Militärputsch unter der Führung des Arabers Sami al-Hannawi gestürzt, und Husni al-Zaim und Muhsin al-Berazi wurden hingerichtet. Hamos Vater, der zumindest einen der getöteten Staatsmänner aus dem Dienst in der Armee kannte, konnte diesen Verlust nicht einfach so hinnehmen und schwor, sich zu rächen. Mehr noch, er gedachte, es dem Vorbild Husni al-Zaim gleichzutun und sich selbst durch einen Putsch an die Macht zu befördern. Doch Hamos Vater, der ebenfalls den Rang eines Generals bekleidete, fand keine Gelegenheit, sein Vorhaben umzusetzen. Also übergab er seinem Sohn Muhammad, der von allen Hamo genannt wurde, seine Militäruniform, seinen Namen als General und seinen Traum, eines

Tages Anführer einer großen Armee oder sogar Staatsoberhaupt zu werden, bevor er starb.

Und dank seiner grenzenlosen Fantasie fiel es General Hamo leicht, den aktuellen Aufruhr als Chance zu sehen, sich an die Spitze des Widerstandes zu setzen und diesen anzuführen, bis etwas noch Größeres für ihn kommen würde.

Muhammad – den man Hamo nannte - war verheiratet, bevor er von seinem Vater zum General ernannt worden war und wollte selbst Vater werden. Als er erkannte, dass seine Frau nie schwanger werden würde, wollte er eine zweite Frau neben seiner ersten heiraten. Trotzdem wollte er seiner Frau kein schlechtes Gewissen machen oder ihr die Schuld zuschieben, also spielte er seine Enttäuschung immer herunter, was seine Frau allerdings noch mehr ärgerte, da sie wusste, dass Hamo sehr enttäuscht und ihr gegenüber nicht ehrlich war. Hamo sagte immer: „Es hat auch dieses Mal nicht geklappt. Aber kein Problem, ich versuche es nochmal."

Diesen Satz wiederholte er auch jedes Mal, wenn er einen Vater mit seinem Kind gesehen hatte. Als er erkannte, dass seine Frau nicht akzeptieren würde, dass er eine andere Frau heiraten wollte, ließ er sich kurzerhand von ihr scheiden und heiratete eine andere. Trotzdem wurden ihm keine Kinder geboren. Also verließ er auch seine neue Frau. Doch erst nach der dritten Ehe begann er zu glauben, dass die Ursache für die Kinderlosigkeit von ihm und nicht von den Frauen ausgehen könnte.

Bis dahin hatte er sich immer geweigert, wegen des Problems seiner Unfruchtbarkeit zum Arzt zu gehen. Als er dann seine dritte Frau geheiratet hatte, ging er heimlich zum Arzt in Aleppo, nicht in Kobane. Als er die Wahrheit herausfand, kehrte er nach Hause zurück, verließ seine dritte Frau und kehrte den Frauen vollständig den Rücken. Er beschäftigte sich von nun an voll und ganz mit seinen militärischen Träumen und Bestrebungen. Einige sagten, er habe es nicht ausgehalten, dass ihm die Kinder nicht zur Welt kommen wollten, und habe seit diesem Tag den Verstand verloren. Einige verbanden dieses Problem der Leichtigkeit des Geistes sogar mit einem Problem aus seiner Kindheit und Geburt. Aber Hamo war sehr im Einklang mit sich selbst. Sein Verhalten und seine Art wirkten weder verrückt noch komisch und schon gar nicht gefährlich. Er ging vollkommen in seinem Charakter als Militär auf und verkörperte diesen in seinen Bewegungen und Handlungen, sodass er von jedem ernst genommen wurde. Daher kannten und schätzten ihn alle als General und suchten seinen Rat bei entsprechenden Problemen.

Hamo war finanziell unabhängig. Sein Vater hatte ihm ein gutes Erbe hinterlassen und Hamo selbst hätte auch niemals fremde Hilfe angenommen. Er stand auf eigenen Beinen und belastete andere nicht gern. Auch war er nett zu allen. Um mir eine Freude zu machen, sagte er immer wieder zu mir: „Wenn man mich fragen würde, was, auf der ganzen Welt, isst du am liebsten? Ich würde sagen: Walnüsse."

Ich antwortete ihm dann immer: „Wir können auch Freunde sein, ohne dass du meine Nüsse essen musst."

Er verstand sofort, was ich sagen wollte.

„Stimmt, das eine hat mit dem anderen nichts zu tun, aber Nüsse sind trotzdem lecker."

Manchmal berührte er meine Äste und sagte fröhlich: „Wenn ich etwas älter werde, brauche ich deine Hilfe."

„Welche Art von Hilfe?"

„Deine Äste dienen nicht nur der Herstellung von Nüssen, sie können auch zu Waffen werden. Außerdem können sie als Krücke verwendet werden."

„Ich kann dir immer einen meiner Äste geben."

Er hörte meinem Reden nicht mehr zu. Seine Gedanken waren schon bereit zu gehen und er selbst war es auch, er warf mir noch seine immer gleichen Abschiedsworte entgegen: „Mit dir zu reden macht Spaß, aber ich muss gehen."

Er wollte nicht erklären, warum er gehen musste. Er war weitgehend mit den Maßnahmen beschäftigt, die es nach der schrecklichen Explosion zu treffen galt, und mit der Organisation und Vorbereitung von Begräbniszeremonien für die Toten. Er wollte mir klar machen, dass die Bestattungszeremonie für die Kriegstoten ohne die Anwesenheit eines Generals wie ihm unvollständig wäre. Auch die Zukunftspläne für diese Stadt, selbst für die dieses Landes, würden ohne die Anwesenheit des Generals zwecklos und sinnlos sein und keinen Erfolg haben. Er war mit allen Sinnen besorgt über die Kämpfe gegen die IS-Soldaten, von denen er glaubte, dass deren Ausgang die Zukunft dieses Landes prägen würden.

Rodi

In Shingal, einer jesidischen Stadt im Nordirak, herrschte Krieg. Es war der 3. August 2014, als die mordenden Horden des IS die Stadt angriffen. Sie trugen ihre schwarzen Fahnen und kündigten sich mit furchterregendem Geschrei an. Sie riefen „Gott ist groß" und ließen keine Meinung außer ihrer, kein Leben außer ihrem zu.

Die blutigen Reißzähne des Todes, menschgeworden als Soldaten des Islamischen Staates, verschlangen Männer, Frauen und Kinder. Wer noch Zeit und Kraft hatte, zu fliehen, tat es. Doch Shingal war wie eine Oase in einer trockenen Einöde, umringt von Bergen und Wüste. Trotzdem flohen die überlebenden Jesiden aus Angst und Panik in alle vier Himmelsrichtungen, in die Berge oder in die Wüste, begleitet von Durst, Hunger, Verzweiflung und Geschrei. Sie gingen barfuß im Staub, ohne zu wissen wohin. Unerträgliche Hitze, Verwüstung, Massenmord, Plünderung, Versklavung von Frauen - die Erde war taub, der Himmel war blind. Tränenloses Weinen blieb ungehört, alte und verkrüppelte Männer taumelten zwischen rasenden Beinen, alles in „Ezidkhan"

– dem Land der Jesiden – schrie nach Alarm, nach Aufbruch. Es war ein schwarzer, blutiger und blinder Aufbruch. Unter den Tausenden von Menschen floh auch die Familie des kleinen Aziz. Sie flohen in die Wüste und in die Berge, um nicht in die Hände der Kalifatssoldaten zu fallen und geköpft zu werden. Einige Eltern kümmerten sich um ihre kleinen Kinder, einige Kinder kümmerten sich um ihre alten Eltern und kranken Großeltern. Der Tod hatte sein blutiges Maul bis zum Anschlag geöffnet und wartete darauf, alle zu schlucken. Die Peschmerga – die professionelle Armee im autonomen Gebiet Kurdistan – die sie beschützen sollten, leisteten keinen Widerstand und hatten sich zurückgezogen. Wie eine Schafherde ihrem Hirten waren die Menschen in Shingal einer Schar von hungrigen Wölfen ausgeliefert, die sie jagten und töteten oder zusammentrieben, damit deren Herren Frauen und Kinder auf Sklavenmärkten wie auf Viehversteigerungen verkaufen konnten.

Unterwegs verloren einige ihr Leben durch Wassermangel und andere durch Hunger und fehlende Medikamente. Azizo, eines der Kinder, das von dieser chaotischen Flucht erfasst und mitgerissen worden war, wurde durch seine Blindheit für seine Eltern zu einer schweren Last. Um seine Geschwister vor dem Tod durch die schwarzen Wölfe des IS zu retten, beschloss sein Vater, ihn zurückzulassen. Azizo, das Kind, blieb mit seinem Durst und seiner Blindheit allein. Shirin und ihre bewaffneten Kameraden machten sich auf den Weg, um die fliehenden Menschen zu retten. Einige von ihnen hatten sich selbst geopfert und waren zu Märtyrern geworden. Auch deswegen konnten die kurdischen Verteidigungskräfte trotz ihrer leichten Waffen einen „Korridor des Lebens" - wie der freigekämpfte Fluchtweg genannt wurde – öffnen, um mehr als hunderttausend Menschen vom sicheren Tod in der Wüste und den Waffen des IS zu retten und an einen sicheren Ort in Nordostsyrien zu bringen.

Einer der Geretteten war der kleine Azizo, das einzige blinde Kind, dessen Mutter und Vater ihn für das Leben seiner Geschwister geopfert und in der Wüste gelassen hatten. Aus diesem Grund, und weil niemand seinen Namen kannte, wurde er Bekes – „derjenige, der niemanden hat" - genannt. Es war ein sehr passender Name für ihn, wie auch für jedes jesidische Kind, jedes jesidische Mädchen oder jede jesidische Frau.

Das Schicksal des kleinen Azizo ging mir nah. Auch wenn ich es nicht wage, seine Leiden, sein Gefühl von Hilflosigkeit mit dem meinen zu vergleichen, fühle ich mich ihm doch nah, wenn ich an meine unglückliche Liebe denke, in der ich mich so hilflos und allein gelassen fühlte wie ein blindes Kind. Er kannte mich nicht, aber ich fand mich in ihm.

„Mein lieber Bruder Azizo, wir sind blind, du

nicht. Wir sind behindert, du nicht, und das ist unser unvollkommenes und fehlerhaftes Schicksal."

Der Unterschied zwischen mir und ihm war, dass Azizo, nachdem die Leute versucht hatten, ihn zu retten, dem Tod dennoch nicht hatte trotzen können. Azizo konnte den Verrat seines Vaters und den der ganzen Welt nicht ertragen. Er senkte seelisch schwer verwundet den Kopf, während auch die körperliche Kraft ihn verließ und er von uns ging. Er gab uns seine Blindheit und ging. Selbst jetzt tun mir jedes Mal, wenn ich ein Kind sehe, die Augen weh. Ich musste bleiben, während Azizo und viele Kinder wie er die Welt der Lebenden verließen. Ein Auge lachte über die Rettung von Zehntausenden von Menschen durch Shirin und ihre Mitkämpfer und das andere Auge weinte über die Enthauptung und Schlachtung, Plünderung und Folter. Alle waren fassungslos über das Elend des Lebens im Schatten dieses „Staates". Ich war auf der einen Seite mit diesen Leidenden und auf der anderen Seite mit Perwin beschäftigt.

In unseren vielen Gesprächen erzählte sie mir immer wieder von einem Mann, den sie einmal geliebt hatte und dies immer noch tat, der ihr aber nichts zurückgab außer Zweifel und Unsicherheit. Trotzdem bemühte sie sich in ihren Erzählungen um eine Rechtfertigung für die Taten dieses Mannes, aus denen der Duft der Liebe nicht zu erkennen war. So blieb sie in einem Teufelskreis gefangen, glaubte, dass sie von ihm geliebt würde, versuchte ihn zu schützen und wurde doch verletzt. Sie war ständig damit beschäftigt, jedem kurzen Brief, jedem Wort von ihm, Meinungen, Zweifel und Ansichten beizupflichten. Sie tat jeden sich wiederholenden Fehler von ihm als nichtig ab und begründete ihn mit seiner Liebe und der Tatsache, dass die aktuelle Situation dies eben erforderte. Andererseits öffneten sich jetzt alle Türen zu ihr und als ich um einen Kuss bat, verwehrte sie ihn mir nicht. Die Frau meines Bruders ließ uns allein und kam spät zurück. Sie wartete immer darauf, dass Perwin und ich ihr erzählten, wo unsere Liebesgeschichte angekommen war. Jedes Mal stellte sie dieselbe Frage: „Geht eure Beziehung nicht voran?"

Ihre Absicht war es, eine Einigung über den Zeitpunkt der Eheschließung zu erzielen. Was sie erwartete, schien mir sehr weit weg zu sein. Es war klar, dass die Straße nicht so eben, sondern voller Hindernisse war. Als ich Perwin um einen Kuss gebeten hatte, hatte sie nicht nein gesagt, aber sie war auch nicht auf mich zugekommen. Ihr Gesicht zeigte Bereitschaft, aber ich war es, der meine Lippen auf ihre legte. Sie schloss die Augen und begrüßte diesen Kuss wenig herzlich. Danach legte sie beide Hände fest vor ihr Gesicht und nahm sie nicht mehr weg. Als ich ihre Hände von ihrem Gesicht schieben wollte, um ihre Augen genau zu betrachten und das Grün und den Honig in ihnen von nahem zu sehen, drückte sie ihre Hände noch fester gegen ihr Gesicht. Ich wusste nicht, ob es ihr peinlich war, ob sie einen großen Fehler begangen hatte, ob sie es bereute oder glücklich war. Als ich nach dem Grund fragte, sagte Perwin nur: „Lassen wir dieses Thema nun endlich sein!"

Hinter dem zarten Gesicht und diesen Augen wie der Himmel an einem schönen klaren Frühlingstag versteckte sich großer Schmerz, eine gebrochene Seele und ein ängstliches Herz. Perwin sehnte sich danach, eines Tages friedlich und furchtlos schlafen zu können. Jedes Mal, wenn sie schlafen wollte, hatte sie Albträume. Wegen der Folter und Schläge, die sie in diesen Träumen sah, schrie sie meist im Schlaf und hörte erst auf, wenn sie aufwachte. Manchmal war es dieselbe Person, von der sie jede Nacht gequält wurde. Perwin hatte Angst vor ihr, schrie auf, doch niemand stand vor ihr, wenn sie erwachte. Manchmal strauchelte und stolperte sie, fiel aus großer Höhe und erwachte kurz vor dem Aufprall. Manchmal versperrten ihr in großer Not bewaffnete Männer den Weg und versuchten, sie zu töten. Ihre Stimme versagte, wenn sie rufen wollte. Ich war fassungslos über die Fülle von Gewalt und Unterdrückung in den Träumen dieses zarten Mädchens. Ich hatte keine Ahnung, wie so etwas Grausames und Wildes sich in ihr verstecken konnte. Perwins Zustand hatte das Feuer meines Herzens mit Benzin übergossen. Ich wusste nicht mehr, ob es Krankheit oder Liebe war.

Ihre Beziehung mit einem anderen jungen Mann, den sie vor mir kannte, und die in ihrem Kopf und in ihrem Herzen bis heute andauerte, machte mich wahnsinnig. Ich fühlte mich wie jemand, der einen unbekannten Feind in seinem Leben spürt, der jede Nacht wie ein Phantom lebendig wird, ohne dass er dessen Gesicht erkennen kann. Das Phantom sah ich nicht und trotzdem gab es eine Blutfehde zwischen uns. Er war ein furchtbarer Feind, der im Herzen von Perwin seinen Platz hatte und nicht herauskommen wollte. Ich wusste nicht, wie sie seine immerwährende Anwesenheit unter uns so einfach erwähnen konnte, als hätte es schon einen festen Platz in den alltäglichen Gesprächsthemen gefunden. Jede Erwähnung dieses Phantoms zerriss eine weitere kleine Faser meines Herzens und versperrte den Weg zur Melodie meiner großen Liebe. Am meisten schmerzte es, dass Perwin die Feindschaft zwischen mir und ihm nicht sah. Vielleicht konnte sie es sehen, aber es schien, als ob sie dies nicht bewusst wahrnahm. Manchmal wollte ich ihr und ihrer Liebe ganz den Rücken zukehren, aber eine verborgene Kraft in mir widerstand diesem Drang. Ihre Liebe ließ mich den Weg nicht frei entscheiden. Es war wie ein Schicksal, dem ich nicht entkommen konnte. Es konnte alles meine Schuld sein. Ich war neidisch auf die Morgenbrise, die ihr ohne meine Erlaubnis durch die Haare rüttelte. Mein Herz war so schwach, dass ich mit einem Liebeslied weinte. Auch eine Szene der unvermeidlichen Trennung von zwei Liebenden in einem Film trieb mir die Tränen in die Augen. Die Veränderung der Augenfarbe war wie eine ansteckende Krankheit von Perwin auf mich übergegangen. Obwohl ich sieben Jahre älter war als sie und als Mann entschlossener und stärker, wurde ich zu einem billigen und schwachen Roboter. Nur mit einem Fingerzeig ihrerseits vermochte sie es, mich durstig zum Wasser zu bringen und immer noch durstig wieder von dort wegzulocken. Ich war Perwins Kontrolle so sehr verfallen, dass sie mich nach ihrem Willen lenken und bewegen konnte. Immer wenn sie von einem ihrer Träume sprach, beschäftigte mich dieser Traum mehr als sie. Im Laufe der Zeit wurde ich ein Partner ihrer Träume. Diese nächtlichen Albträume wurden für mich zu Tagträumen. Sie lebte nachts im Dunkeln mit diesen Albträumen und ich lebte tagsüber mit ihnen.

Ein stummer Mann hielt sie auf der Straße an, das Gesicht des Mannes wie eines, das von Schwachsinn befallen war. Der Mann sah aus, als wolle er sie angreifen, aber sie verstand nicht genau, was er wollte. Der Mann war wütend und aggressiv, als ob sein einziges Ziel darin bestand, ihr zu schaden. Perwins Zunge kribbelte und zitterte vor Angst, und sie war keiner Worte fähig.

Zwei stumme Menschen, eine Frau mit schwarzen langen Haaren und einem weißen Kleid und ein Mann, der immer zu weit weg war, um ihn klar zu erkennen, standen auf der Straße und stellten sich gegeneinander, ihre Blicke so hasserfüllt, als wollten sie sich gegenseitig umbringen. Keiner der anderen Leute auf der Straße bemerkte die beiden. Hier war jeder mit seinen persönlichen Anliegen beschäftigt. Als die stumme Frau erkannte, wie ernst es dem Mann war, dass er bereit war, sie tätlich anzugreifen, änderte sich ihre Miene schlagartig. Sie blieb in Schock erstarrt, als sie zitternd darauf wartete, dass der stumme Mann sie mit einem tödlichen Schlag treffen würde. Er tötete sie aber nicht, noch ließ er sie allein. Manchmal schlug der Mann die Frau schwer. Die Frau wollte vor Schmerzen aufschreien, aber ihre Stimme versagte und niemand wusste vom Schmerz ihrer Seele. Als Perwin aufwachte, war die Pein in ihrem Körper überall. So ein unsichtbarer und starker Schmerz. Manchmal knipste sie die Lampe an, nur um die blauen und roten Flecken auf ihrem Körper zu betrachten, die ihr während ihrer Albträume zugefügt worden waren, doch sie fand keine. Ihr Körper war von außen gesund und ohne Narben. Aber der Schmerz in ihr hörte nicht auf, er hielt tagelang an. Sie wollte einmal den stummen Mann von nahem sehen, anstatt die Frau mit schwarzen Haaren und weißer Kleidung, die sie immer klar erkennen konnte. Aber dieser stumme Mann war immer zu weit weg. Als sie mit ihm sprechen wollte, bewegte sich ihre Zunge nicht und sie brachte kein Wort heraus. Sie sah die schwarzhaarige Frau immer wieder in ihren Träumen. Und niemals wirkte sie Perwin freundlich gesinnt. Immer trat die Frau mit weißer Kleidung in ihre Albträume, doch wenn sie Perwin direkt attackieren wollte, zitterten ihre Haare, und Skorpione und kleine Schlangen krabbelten und krochen daraus hervor und rannten herum.

Perwin wusste nicht mehr, ob diese Frau eine Schlange oder ein Skorpion in Menschengestalt war, oder ob sie ein Mensch war, der in eine Schlange oder einen Skorpion verwandelt worden war. Diese fremde Frau griff an und schlug zu. Es tat weh, aber Perwin konnte ihr im Schlaf widerstehen. Perwin schrie sie einmal an, weil sie erneut angegriffen wurde: „Wenn du mich angreifst oder noch einmal vor mir auftauchst, verbrenne ich deine Hand."

Die Frau, deren Gesicht in ihren langen Haaren nicht zu sehen war, lachte über die Drohung und griff erneut an.

„Glaubst du, ich mache Witze?"

Als sie Perwin angriff, flammte augenblicklich Feuer an ihrer Hand auf und sie heulte auf wie ein verwundeter Wolf.

Von diesem Tag an sah Perwin diese Frau nicht mehr in ihren Träumen. Bevor sie zu Bett ging, plante sie, auch dem Stummen die Hand zu verbrennen, aber als sie einschlief und der stumme Mann kam, wurde sie selbst vor Angst stumm. Ihre Angst und ihre Schreie hörten nicht auf. Selbst diejenigen, die sie aufwecken wollten, konnten Perwins Schreie nicht beenden. Jemand musste ihre Hand so lange halten, bis sie aufwachte und in die Realität zurückkehrte. Ich wusste nicht, ob es einen Zusammenhang zwischen der Zunahme von Albträumen und Konflikten in Perwins Träumen und dem Dröhnen der Kriegstrommeln gab, die sich Kobane Tag für Tag näherten. Als die Besitzer der schwarzen Flaggen im Shingal ihre Fahne hissten und die Menschen dort getötet oder versklavt und verkauft wurden, waren Perwins Träume so schlimm, dass sie nur noch von Selbstmord und Tod sprach.

Als die Schlacht zu Ende war, kehrten Shirin und die anderen Kämpfer aus Shingal zurück und waren bereits in die Dörfer um uns herum gezogen, um die Angriffe der Besitzer der schwarzen Flaggen zu stoppen. Die Situation hatte sich geändert. In der ersten Woche des Angriffs wurden einige Dörfer eingenommen. Die Nachbardörfer sprachen aufgeregt und ängstlich über deren Schicksal und das, was ihnen ebenfalls bevorstehen würde. Panik entstand und die Flucht zur Grenze begann.

Mit diesen Ereignissen änderte sich auch Perwins Situation völlig. Ich nahm an, dass ihr Geisteszustand vollständig zerstört worden war und ich befürchtete, dass ich mit dieser Situation um sie herum nicht mehr würde umgehen können. Aber ich irrte mich. Als die Besitzer der schwarzen Fahnen, die Besitzer der scharfen Messer, die sich auf das Abschlachten des Volkes vorbereitet hatten, auf uns zukamen, trat eine verborgene Seite von Perwin in den Vordergrund und sie sprach darüber, den bewaffneten Frauengruppen beizutreten. Ich weiß nicht, ob sie ihren Wunsch aufgrund der Liebe zum Leben gegen den herannahenden Todesgeruch ausgesprochen hatte, oder dies eine Reaktion auf das Eintreffen fremder Kräfte war, die in unser Land und unsere Heimat und unsere Würde eindringen wollten. Sie wollten alles unter die Kontrolle ihres Islamischen Staates stellen. Es war das erste Mal, dass Perwin erwähnte, eine Waffe tragen zu wollen. Ich wusste nicht, was ich ihr sagen sollte. Zwei völlig gegensätzliche Bilder verschwammen ineinander. Eines davon war unsere Liebe. Würde sie sich dem bewaffneten Widerstand anschließen, würde sie das unerreichbar für mich machen, denn den Kämpferinnen waren Liebesbeziehungen nicht gestattet. Das andere Bild waren die abgetrennten Köpfe von Männern, die von den Terroristen hochgehoben wurden, um den bestialischen Mord brutal zu genießen und zu feiern.

„Oh mein Gott, was ist das für ein Sturm, der über meine große Liebe weht?"

Heftige Wellen widersprüchlicher Gedanken wirbelten in Perwins Kopf herum. Manchmal dachte sie an Tod und Selbstmord, manchmal an ein Leben voller Liebe. Wenn jemand sie nach ihren wahren

Gefühlen fragte, um zu erfahren, was in ihr vorging, antwortete sie knapp: „Ich weiß es nicht."

Die Kontroverse in ihr gelangte an ein Ende und es war an der Zeit, Stellung zu beziehen. Daher konnte sie mit großer Mühe und mit angespanntem Gesicht zum ersten Mal so klar und ohne Zögern sagen: „Ich liebe dich."

Sie hatte ihre Entscheidung gefällt.

Am nächsten Tag fand der Großangriff statt. Die Soldaten des Kalifats drangen in die umliegenden Dörfer ein und kamen nach und nach zum Nest meiner Liebe nach Kobane. Als wären ihre Augen nur auf die Zerstörung dieses Nestes gerichtet.

Ich hatte mich gerade erst vorbereitet, dieses Nest zu bauen und gerade erst begonnen, Zweige dafür zu sammeln. Tausende Frauen, alte Menschen und Kinder flohen aus ihren Häusern und trugen mit bloßen Händen mit sich, was sie konnten, um über die Grenze nach Siruc in die Türkei zu fliehen.

Tausende Menschen flohen vor der Armee hinter ihnen bis zu den Grenztoren und Stacheldraht, an welchen ihnen türkische Soldaten den Weg versperrten. Dort, in diesem Tal zwischen Siruc und Kobane, sammelten sich innerhalb weniger Stunden Zehntausende Menschen, die vor der Enthauptung geflohen und nun zwischen der Armee des Kalifats und der türkischen Armee gefangen waren.

Cihan

Inmitten des Trubels um uns herum rief mich meine Schwester Shirin an, die auf dem Schlachtfeld war.

„Hör mir zu, Cihan. Wir sind im Krieg. Sag meiner Mutter, wer Kobane verlassen will, soll gehen. Aber ihr sollt bleiben."

Doch die Situation änderte sich nicht wie erwartet. Anstatt dass Shirin und ihre Freunde zurückkamen, gingen sie von Dorf zu Dorf und rückten immer weiter vor.

Drei Tage vergingen seit Shirins Telefonat. Am vierten Tag kam ein weiterer Anruf von Shirin.

„Der Krieg zieht langsam nach Kobane und Mutter ist krank. Unsere Mutter, Kinder und alte Leute können nicht kämpfen, sie sollten fliehen. Cihan, der Krieg wird von Tag zu Tag schlimmer. Pass auf dich auf und grüße meine Mutter, ich küsse ihre Hand."

Ich wusste nicht, dass es das letzte Mal war, dass ich die Stimme meiner kämpfenden Schwester hörte. Als zwei von Shirins bewaffneten Freunden inmitten des Chaos dieser großen Migration und des heftigen Krieges zu unserem Haus kamen, wusste ich, dass etwas Erschütterndes passiert war.

So erschütternd, dass neunzehn Berge, für jedes Jahr, das Shirin alt geworden war, in mir zusammenbrachen. Die Angst, dass Shirin etwas zugestoßen sein könnte, ließ meine Stimme vollständig versagen.

Trotz der Verwüstung in mir, fragte ich mich, wie meine Mutter mit ihrer Krankheit auf diese schwierigen Worte „Shirin shehid ketiye“ - „Shirin ist zur Märtyrerin geworden.“ - reagieren würde. Als meine Mutter ihnen den Tee vorsetzte und merkte, warum sie gekommen waren, wurde sie starr und steif, als hätte sie jemand an Armen und Beinen gepackt. Bis zum Schluss hörte sie den beiden Mädchen zu, die ihre Waffen neben sich gelegt hatten. Mit gebrochenem Herzen und schwerem Schweigen schossen zwei schnelle Tränen über ihre Wangen.

In diesen Momenten zeigten sich einige tiefe Falten im Gesicht meiner Mutter. Es war das erste Mal, dass sich Alter und Schwäche bei meiner starken Mutter zeigten.

Trotzdem sammelte sie ihre Kräfte und sagte zu den beiden bewaffneten Mädchen: „Ihr seid alle meine Töchter. Shirin ist gegangen, aber ihr seid noch da.“

Ich wusste, dass meine Mutter stark war, aber ich konnte mir nicht vorstellen, welche Stärke sie Shirins Freunden in diesen Momenten zeigte. Das Schwierigste an Shirins Martyrium war, dass ihre Freunde ihre Leiche nicht hatten erreichen können, und der

Ort, an dem sich ihre sterblichen Überreste befanden, unbekannt war. Aber sie versprachen, die Leiche zu finden und zu uns zu bringen, ehe sie gingen. Als sie weg waren, war meine Mutter völlig erschöpft und konnte die Tränenflut nicht mehr aufhalten.

„Ich sehe meine Süße, mein Leben, mein liebes Kind, die Seele ihrer Mutter nicht mehr in diesem Leben. Ich sehe meine Freiheitskämpferin nicht mehr mit diesen Augen, die ab heute blind werden. Warum nur diese Grausamkeit, o Gott? Warum dieser Schmerz? Was hast du uns angetan, o Gott?“

Meine Mutter fing an zu singen. Als meine Schwester Shirin ein Kind gewesen war, hatte sie ihr diese Lieder vorgesungen. Und meine Mutter sah Shirin immer noch als Kind. Ich wusste, dass wir keine Zeit mehr haben würden, um zu weinen und zu trauern.

Die Todesschwadronen näherten sich allmählich und ich musste meine Mutter auf die andere Seite der Grenze bringen. Inzwischen waren auch die Frauen meiner Brüder und alle meine jüngeren Neffen und Nichten bei uns angekommen. Die Mehrheit der Bevölkerung von Kobane hatte bereits die Grenze überschritten und nun wurde auch meine Mutter von meinen Brüdern und deren Familien dorthin begleitet. Ziel war es, sich jenseits der Grenze in Siruc niederzulassen. Es wurde gefordert, dass Krieger und diejenigen, die kämpfen konnten, in der Stadt Kobane bleiben und Kinder und ältere Menschen gehen sollten. Innerhalb von zwei Wochen hatten die Soldaten des „Islamischen Kalifats“ ihre schwarzen Flaggen am Stadteingang an mehreren Gebäuden der Stadt gehisst. Eine Stunde nach dem Betreten der Stadt hatte ein Soldat des Kalifats einige Aufnahmen mit seiner Kamera am Eingang der Stadt vor dem „Willkommen in Kobane“-Schild gemacht und gepostet. Er kickte mit dem Fuß ein paar leere Alkoholflaschen eines geschlossenen Restaurants weg und sagte seinem Publikum: „Die Ungläubigen und Gottlosen, die aus diesen Flaschen getrunken haben, haben diese Stadt, die die Quelle des Islam ist, Kobane genannt. Gläubige Muslime können sie nicht sein, denn gläubige Muslime trinken derartige Getränke nicht.“

Und damit teilte er seinen Zuschauern die Rechtfertigung mit, wahllos all jene zu ermorden, die sich nicht dem „Islamischen Staat“ zuwandten. Er beendete sein Video mit diesem Versprechen: „Wir versprechen Muslimen auf der ganzen Welt, dass wir dieses Land von kurdischen Ungläubigen säubern und den echten Namen dieser Stadt wiederherstellen werden. Wir werden ihre abgetrennten Köpfe an die Stadtmauern hängen. Wer sich gegen uns stellt, wird geköpft und die Flagge von ′La ilaha illallah′ wird überall gehisst.“

Diese Drohung bedeutete im September 2014 den Beginn eines blutigen und großen Krieges, der vier

Monate lang andauern sollte. Die Männer und Frauen von Kobane mussten ihnen die Stadt überlassen oder verbissen gegen sie kämpfen. Ebenso schworen die Besitzer der schwarzen Fahnen, die unterschiedliche Nationalitäten hatten, entweder die Stadt zu erobern oder sich für ihre Eroberung zu opfern. Andererseits hatten die Frauen und Männer der kurdischen Volksverteidigungseinheiten YPG und der Frauenverteidigungseinheiten YPJ aus ganz Kurdistan die Stadt bereits umzingelt und ließen die dort eingeschlossenen Bewohner Kobanes nicht allein. Sie alle gaben ein Versprechen: Sie würden diese Eindringlinge, die aus der ganzen Welt gekommen waren, entweder zurückschlagen oder vor dieser Stadt bis zum Ende kämpfen. Beide Fronten hatten nur dieselben zwei Möglichkeiten, um an ihre Ziele zu gelangen: Entweder man würde töten oder man würde getötet werden. Es ging nicht anders.

Ein Kampf, an dem Kämpfer aus der ganzen Welt teilnehmen würden, stand vor der Tür. Ein großer Krieg, an dem sich internationale Kampfeinheiten beteiligten, die von den USA angeführt und von vielen westlichen und arabischen Mächten unterstützt wurden und die „Anti-IS-Koalition" bildeten, stand vor den Toren unserer Kleinstadt. Rodi und ich mussten meine Mutter und die Familien meiner Geschwister an einem sicheren Ort unterbringen und dann zurückkehren. Jeder konnte bestimmte Aufgaben übernehmen, um den Krieg gegen die Invasoren zu führen. Also mussten Rodi und ich zurück und, wie alle aus Kobane, uns irgendwie an der Verteidigung dieser Stadt beteiligen. Auf der anderen Seite der Grenze und weiter im Landesinneren der Türkei lebten viele Bekannte und Verwandte meiner Mutter. Sie öffneten uns und vielen Familien aus Kobane die Türen ihrer Häuser.

Explosionen und Brände breiteten sich nun von den Dörfern in die Stadt aus. Die Stadt wurde für uns langsam völlig abgeriegelt.

Was mir auffiel, war, dass nicht jeder alte Mann und jedes Kind auf die Rufe der Stadtverteidiger hörten, die Stadt zu verlassen oder in ihren Häusern zu bleiben. Ich sah sehr alte Menschen, die zu Hause ihre Waffen geladen hatten und neben Jungen und Mädchen standen, die darauf warteten, am Krieg teilzunehmen. Im Schatten der Explosionen und der Geräusche von Kanonen und Gewehren zeigte sich mir der Geist meines Vaters in seinen weißen Kleidern.

„Die Gefahr ist groß, meine Tochter. Aber vergiss nicht, ich werde dieses Land und dich beschützen, wie die Seelen der gefallenen Kämpferinnen und Kämpfer dieses Land und die Bewohner beschützen."

Der Krieg hatte begonnen. Ich wusste nicht mehr, ob dies ein Traum war, in dem ich mich befand, oder ob es real war. Das offene Maul des Todes war uns also näher als unser Schatten und niemand wusste, was uns die Zukunft bringen würde.

Walnussbaum

Unter den Leuten herrschte große Verwirrung. Die langhaarigen Attentäter, die dafür bekannt waren, Menschen abzuschlachten, drangen nach und nach in die Stadt ein. Auf jeder Straße, an jeder Ecke, in jedem Haus standen bewaffnete Jugendliche und neu angekommene junge Frauen in Kampfausrüstung aufgereiht und warteten auf heftige Kämpfe. Jeder, der kämpfen konnte, wurde gebeten, seine Waffen zu tragen und in Kobane zu bleiben. Die Verteidiger der Stadt wollten auch, dass alle, die nicht kämpfen konnten, die Stadt verlassen, damit keine Gefangenen in die Hände der Attentäter fallen konnten, die langsam in alle Stadtteile vorrückten.

Aber in Wirklichkeit verließen auch viele Menschen, die kämpfen konnten, die Stadt und machten sich auf den Weg nach Siruc. Darunter war auch Hassan der Telefonladenbesitzer und andere wie er. Viele dagegen, die nicht kämpfen wollten oder konnten, wie ältere Menschen oder Kinder, blieben in der Stadt und wollten Kobane nicht verlassen. Sie sagten: „Wir werden unser Land nicht aufgeben."

Sie trugen Waffen und standen Seite an Seite mit

den Kämpfern und Verteidigern. Allen voran die Eltern der Kämpfer. Am Anfang interpretierte Salim Kor seine Bedeutung auf diese Weise: „Ja, ich bin blind, ich kann nicht sehen. Aber ich sehe mit meinem Herzen und ich kann mich wehren. Unter diesen Umständen ist es tödlich, dieses Land zu verlassen. Wenn wir hierbleiben, wird unser Leben entweder hier weitergehen oder es wird durch einen ehrenvollen Tod beendet. Beides ist besser, als im Exil zu sterben und vor den Türen anderer zu betteln."

Gleichzeitig war General Hamo vierundzwanzig Stunden am Tag unterwegs und beobachtete und koordinierte die Ankunft von Kämpfern aus ganz Kurdistan und der ganzen Welt. Er war nicht damit einverstanden, dass die Kämpfer und Verteidiger nur mit Kalaschnikows ausgerüstet wurden. Er verlangte, dass sie schwerere Waffen wie Mörser oder sogar Panzer bekommen sollten. Als ihm selbst ein Mörser in die Hand fiel, rief er überall: „Die Stunde Null hat nun begonnen."

General Hamos Worte wurden zur Tatsache. Denn in diesem Moment gingen die Besitzer der schwarzen Fahnen auf die Straße und hängten ihre mit „la ilaha illallah" beschrifteten schwarzen Fahnen über den höchsten Gebäuden in Kobane auf. Die Strapazen des Herbstes, die ein Baum alljährlich durchmachen musste, waren nicht genug, auch noch diese schweren Angriffe kamen über uns. Es war das erste Mal, dass meine Blätter schmerzten und noch grün und voller Lebenssaft herunterfielen.

Meine trockenen Äste fühlten sich, als hätte man ihnen schwere Verletzungen zugefügt. Der Schmerz glich dem von sich durch meinen Stamm bohrenden Eisenstangen. Ich, dieser arme Baum aus Holz und abgefallenen Blättern, konnte nichts tun, als es auszuhalten. Die Männer mit langen Bärten hatten tausende Häuser betreten. Mit leichten und schweren Waffen eroberten sie Haus für Haus, Straße für Straße, Viertel für Viertel. Für die Verteidiger gab es keine Optionen. Entweder würden sie zuhause abwarten, bis die Feinde kamen, sie überrannten und sie ihnen als Gefangene in die Hände fallen würden, oder die Kämpfer mussten den weiteren Vormarsch der Feinde stoppen.

Aber diese schlugen unermüdlich zurück und füllten ihre Linien mit immer weiteren, nachkommenden Angreifern auf. Das Ziel beider Seiten war dasselbe: die Stadt unter die jeweils eigene Kontrolle zu bringen. Nicht nur für die Kämpfer von Kobane, auch für alle anderen ging es in diesem Krieg um Existenz oder Nichtexistenz, um Tod oder Leben.

Wer nicht kämpfte, wurde von den Verteidigern aus der Gefahrenzone gebracht, sodass sie ihr internes Versorgungs- und Verteidigungsnetz aufbauen konnten, ohne Zivilisten zu gefährden. Die Luftangriffe der Flugzeuge der internationalen Koalition, die die kurdischen Widerstandskämpfer auf dem Boden unterstützten, konnten den Vormarsch der feindlichen IS-Truppen, die es geschafft hatten, in die Stadt einzudringen, aber nicht stoppen. Es folgten nur Elend und Zerstörung. Obwohl die Augen der ganzen Welt auf diese Stadt gerichtet waren, wusste jeder, dass nur ein Wunder Gottes verhindern konnte, dass Kobane in die Hände der Tyrannen fiel.

„Kobane fiel!"

„Nein noch nicht!"

„Die Stadt Kobane wird bald vollständig in den Händen der Besitzer der schwarzen Flaggen sein."

Alle sagten das. Dennoch verfolgte eine Gruppe von Mädchen und Jungen innerhalb der Stadt einen schwierigen Plan. Sie hatten beschlossen, mitten in der Stadt eine Verteidigungslinie zu errichten, um den Vormarsch der Feinde zu stoppen. Auf der bereits an die Feinde verlorenen Seite dieser Verteidigungslinie war die rasante Entwicklung in den Straßen der Stadt deutlich spürbar. Die Besitzer der langen Bärte führten ihren Kampf immer hitziger. Eine Hand lag stets an einer schweren Waffe und die andere an einem scharfen Messer. Sie warteten auf den Moment, in dem sie die Jungen und Mädchen, die gegen sie kämpften, angreifen konnten, um ihnen die Kehlen durchzuschneiden. Sie wollten die Stadt des „Islam" in diesem Leben erobern, um sich damit nach ihrem Tod den Weg ins Paradies zu sichern.

Ihr Ziel war es zudem, das Land des „Islamischen Staates“ für immer vom Dreck der „gottlosen und abtrünnigen Kurden“ zu säubern.

Oftmals wurden die Straßen von den Feinden kontrolliert, sodass es für die Verteidiger der Stadt lebensgefährlich war, diese zu betreten. Lediglich der Weg durch Wohngebäude und Löcher in den Wänden stand ihnen offen. Unter großer Gefahr mussten sie auf den zentral gelegenen Stadtplatz aus der schützenden Deckung heraustreten, um zu schießen und mit ihrem Leben und ihren Körpern die Verteidigungslinie zu erhalten, die durch eben diesen Stadtplatz verlief.

Die Kämpfer, Männer wie Frauen, gingen mit großer Aufregung in die Vorbereitungen, mit Traurigkeit einerseits und tiefer Freude andererseits. Sie wussten, dass es das letzte Mal im Leben sein könnte, dass sie einige Freunde sehen würden. Das machte sie traurig. Aber sie wussten auch, dass es der Tag war, auf den sie gewartet hatten.

Es war der Tag, an dem sie für dieses Land einstehen und den Weg für die Freiheit ebnen würden. Ihre Gefühle, irgendwann die Freiheit zu erlangen, mussten sie lange zwischen den Blumen der Freude versteckt halten. Doch nun war ihr Streben zum Greifen nahe. Deswegen nannten sie den Platz, der früher nur als Stadtplatz bekannt war und an dem sie nun den Angreifern Einhalt gebieten würden, Freiheitsplatz.

Gegen den großen Angriff wurde eine Widerstandslinie aufgebaut und große wie kleine Kugeln und auch Schreie stiegen in den Himmel. Es brach Zerstörung und Feuer aus allen fünf Richtungen über sie alle herein. Obwohl die meisten der Krieger in ihren Zwanzigern und Dreißigern und deshalb zu jung waren, um für die Vergangenheit verantwortlich zu sein, die zu den aktuellen Ereignissen geführt hatten, wussten sie doch, dass sie nicht nur für sich selbst kämpften, sondern auch den Kampf der vergangenen Generationen ihrer Vorfahren weiterführten. Und sie würden sterben, damals wie jetzt: Zehn von ihnen, nein, Hunderte, schon in jungen Jahren. Aber es ging nicht anders. Dieser Krieg war ihr Schicksal und sie akzeptierten es. Ihre Hoffnung auf einen dauerhaften Sieg über die Angreifer war aus einem Grund groß: Dieses Land war ihr Land; diese Stadt war ihre Stadt, der Ort ihrer Familien und Verwandten, ihrer Kultur und Traditionen, und dies alles wurde von fundamentalistischen Terroristen, die Zulauf aus der ganzen Welt hatten, angegriffen, die ihr Land mit Gewalt besetzen und darauf einen eigenen Staat gründen wollten. Diese erschreckende Zukunftsvision vom Sieg der Invasoren stärkte sie und trieb sie mit mutigem Herzen in die brutalsten Schlachten. Es war ein Krieg, der Wirklichkeit wurde. Jeder Tag konnte zum Tag der Entscheidung werden. Gegen diese Angreifer, die aus der ganzen Welt kamen, verteidigten auch Kämpferinnen und Kämpfer aus ganz Kurdistan und Internationalisten aus der ganzen Welt Kobane. Sie spürten, dass hier etwas Großes, Entscheidendes passieren würde. Entsprechend wählten sie auch ihre Kampfnamen. Mitglieder der Verteidigungseinheiten kämpften selten unter ihrem eigenen Namen. Sie wählten ein besonderes Vorbild, einen Märtyrer oder eine Märtyrerin, dessen Andenken sie weitertragen wollten, als Vornamen und die Stadt der Herkunft oder einen sehr bedeutsamen anderen Ort oder Begriff, den sie sich zum Nachnamen machten. Viele von ihnen hatten sich Kobane zum Nachnamen ihres Kampfnamens gemacht und waren bereits voller Zuversicht in diese kleine Stadt gekommen, um die blutige schwarze Welle zu stoppen, die von Tag zu Tag größer und stärker wurde.

Der Kopf des Widerstandes in dieser Schlacht war Gulistan, eine Sängerin aus der ostkurdischen Stadt Maku. In Kobane hatte sie ihrem Namen den Codenamen Viyan Peyman hinzugefügt. Die Sängerin sang in den Pausen der politischen und taktischen Schulungen mit ihrer kraftvollen Stimme über die Welt, die Revolution und die vergangenen Aufstände, die ihre Ursache in der Geschichte des Landes hatten.

Bei jeder Gelegenheit legten gefühlvolle Mädchen und Jungen ihre Waffen zur Seite und versammelten sich um die Sängerin Peyman. Sie hörten mit tiefer Stille und grenzenloser Liebe zu. Die Sorgen der Welt, der Widerstand von Kobane, das schwarze Schicksal der Geschichte und der Traum von der Freiheit, all dies zusammen wurde zu den Themen der Lieder, die mutig und voller Stolz zum Lärm der Explosionen gesungen wurden.

Auch den Kämpfer Givara, mit seiner lauten Stimme und seinem Sorani-Kurdisch, konnte man immer hören. Er erklärte ihnen, er singe auf Sorani für sie, aber damit sie ihn verstehen könnten, spreche er auf Sormanci, einer Mischung aus Kurmanci und Sorani, den zwei am weitesten verbreiteten kurdischen Dialekten.

Alle liebten Viyan Peyman, nicht zuletzt wussten sie, dass sie eine jener Kämpferinnen war, die den Korridor des Lebens zwischen Shingal und „Rojava" – wie das kurdisch dominierte Gebiet in Nordsyrien genannt wird - geöffnet hatte und tausende jesidische Kinder, Frauen und alte Männer aus den Fängen der IS-Terroristen gerettet hatte. Auf der anderen Seite sorgte der junge Tembur-Spieler Aycan Kobane mit seinen gefühlvollen Songs für Freude und Begeisterung. Einige Kämpfer erregten mit ihrer Kunstfertigkeit die Aufmerksamkeit aller, andere wiederum mit ihrer Erfahrung und Einzigartigkeit. Eine von ihnen war Delal, die Tochter von Afrin. Das kleine, hübsche Mädchen mit einem klaren Lächeln und zwei olivfarbenen Augen war allen als Arin Mirkan bekannt. Sie war immer an erste Stelle, wenn es galt, zu handeln. Die 22-jährige Arin, die Schwester von drei Brüdern im aktiven Widerstand, war trotz ihres jungen Alters als erfahrene Kämpferin bekannt. Die Einwohner von Kobane, die jungen und die alten Männer und Frauen, die in der Stadt geblieben waren, freuten sich über die Wärme dieser Krieger, die von nah und fern kamen. Besonders diejenigen waren froh, die mit ihren Familien beschlossen hatten, die Stadt nicht zu verlassen, zu den Waffen zu greifen und zu kämpfen.

Bahoz Horan, der Neffe des siebzigjährigen Eli, war einer von denen, die neben seinen ′Brüdern′ und ′Schwestern′, wie man sich in den Kampfverbänden gegenseitig betitelte, in den Schutzwällen des Krieges Platz nahmen und den Finger am Abzug hatten. Inzwischen konnte Bahoz Horan aus Kobane jede Nacht mit seinem Handy auf das Internet zugreifen und seine Beobachtungen auf den Straßen von Kobane, in denen er sich hauptsächlich tagsüber an den Kämpfen beteiligte, mit seinen Facebook-Freunden teilen.

General Hamo kam und marschierte unter den jungen Kriegern, stolz darauf, eine bessere, eines Generals würdige Waffe zu besitzen. Gleichzeitig betete und predigte Salim Kor, der Blinde, ständig, wie er es immer tat. Wann immer er junge Krieger sah oder das Geräusch einer Explosion hörte, rief er zu Gott: „Möge die Hand Gottes schützend über euch sein, Kinder. Gott segne euch.“

Doch die Angreifer hatten Salim Kor und seine Gefolgsleute, seine „Kinder“, eingekesselt und sie

Schritt für Schritt vor sich hergetrieben. Damit ihre Verteidigungslinie bestehen bleiben konnte, war es aber notwendig, die Belagerung des Meshtanur-Hügels zu durchbrechen.

Mehr als die Hälfte der Stadt war besetzt. Alle sprachen über die Bedeutung des Meshtanur-Hügels, der den Besatzern entrissen werden sollte. Diese Stellung war entscheidend für die Befreiung der Stadt. Würde die Belagerung durch den Feind gebrochen werden, könnte auch die Einkesselung der Kämpfer Kobanes gebrochen und der vollständige Verlust der Stadt verhindert werden. Doch trotz der Angriffe aus der Ferne mit schweren Waffen war ein Durchbrechen der feindlichen Linien nicht möglich. Ebenso wenig war es möglich, durch die erhöhte Lage des Hügels, näher zu kommen und im Nahkampf zu siegen.

Doch der nächste Tag brachte etwas vollkommen Unerwartetes: Die Belagerung war gebrochen, Dutzende Leichen der Feinde lagen verstreut um den Meshtanur-Hügel herum. Zeitgleich mit dieser Nachricht war auch der Name des Mädchens in aller Munde, welches immer mit einem Lächeln auf den Lippen zu sehen gewesen war: Arin Mirkan.

Sie hatte den Angriff mit einer Heldentat durchgeführt, die sie selbst zur Märtyrerin machte, dem Kampf gegen die Dschihadisten aber eine neue Wendung und neue Hoffnung gab.

Delal Genc Khamis, die unter dem Namen Arin

Mirkan bekannt war, war einen Tag später die Hauptnachricht in allen kurdischen Zeitungen und Fernsehsendern. Mit neuem Mut und neuer Kraft, bildeten die Kämpfer ihre eigene Verteidigungslinie und stoppten alle Angriffe. Gleichzeitig konnten sie in erbitterten Kämpfen auf beiden Seiten Straße für Straße, Gebäude für Gebäude, Haus für Haus, Gelände gewinnen und zurückerobern. Eine Seite würde siegen, die Feinde würden sterben. Eine dritte Option gab es nicht.

Ein großer Teil der Stadt stand noch immer unter der Kontrolle der Eindringlinge. Tausende marschierten mit ihren leichten und schweren Waffen und fuhren mit ihren mit Sprengstoff beladenen Fahrzeugen durch die Stadt. Sie griffen Häuser an und besetzten sie. Bevor sie den Hof überqueren konnten, in welchem meine gelben Blätter verstreut waren, wurde das Haus von Kugeln, Kanonenhülsen und Artilleriegranaten zerstört. Auch einige meiner Zweige entgingen den Schlägen ihrer Kugeln nicht. Ein weiß gekleideter Krieger drehte mir den Rücken zu und sprach wütend mit dem neuen Besitzer des Hauses, in dessen Hof ich mich befand.

„Diese Ungläubigen sind alle geflohen. Schade, dass ich heute keine Kehle eines dieser Ungläubigen erreicht habe."

In diesem Moment wünschte ich mir, ich wäre kein Walnussbaum, sondern ein Krieger. Ich hätte statt einer Waffe gerne ein Seil in der Hand gehabt, um diesen bewaffneten Mann an den Baumstamm zu binden. Ich wollte das Messer aus dem schwarzen Gürtel um seinen dicken Bauch nehmen und es ihm an die Kehle setzen. Aber leider war ich ein machtloser und unbewaffneter Baum. Ich konnte in diesem Herbst nur meine gelben und welken Blätter überall regnen lassen, und keine Tränen.

Rodi

Nachdem ich meine Mutter, meine Brüder und Schwestern und ihre Familien über die Grenze in die Türkei begleitete, kehrten meine Schwester Cihan und ich kurz darauf wieder zurück. Mein Bruder Adnan war am Tag zuvor mit den Verwundeten nach Siruc gegangen und kam nun ebenfalls zu meiner Familie, um sie zu begrüßen. Auch Berivan war lange in Kobane geblieben, weil sie in der Selbstverwaltung der Stadt tätig war. Aber nach meiner Rückkehr nach Kobane war es schon zu spät, Perwin zu sehen.

Nachdem auch sie ihre Familie auf die andere Seite der Grenze verlegt hatte, war die Straße gesperrt worden und sie konnte nicht mehr zurückkehren. Auch ihre Pläne, zu den Waffen zu greifen und zu kämpfen, scheiterten. Unser einziger Kontakt war telefonisch.

„Wenn ich hierbleibe, werde ich den Kindern im Camp Kurdisch beibringen."

Ihre Stimme am Telefon hatte, nachdem sie ihre Liebe zu mir zum Ausdruck gebracht hatte, einen anderen Klang. Gerade jetzt, wo ich ihre Nähe ersehnte, war sie so weit weg. Zwischen uns hatten sich die Geräusche von Panzern und Artillerie, von Autos voller Bomben und Sprengkörpern, von Sterbenden und dem Abfeuern von Kugeln bedrohlich aufgebaut. Jedes Mal, wenn Hoffnung nach einer Atempause aufkam, fanden wir uns mitten in den Vorbereitungen der langbärtigen Terroristen wieder, den Vormarsch unserer Kämpfer erneut zu stoppen. Sie wollten zurückerobern, was ihnen Zentimeter für Zentimeter genommen wurde. Und sie waren viele. Wenn einer fiel, gab es schon einen anderen in zweiter Reihe, der seinen Platz einnahm. Weniger wurden nur die Waffen in den Händen der Verteidiger. Durch die Umzingelung der Stadt war der einzige Weg, an Waffen zu gelangen, sie als Gabe des Himmels zu empfangen. Koalitionstruppen, insbesondere amerikanische Kampfflugzeuge, warfen Dutzende von Waffenpaketen aus der Luft herab. Dies gab den Versuchen, die heftigen Angriffe der Dschihadisten abzuwehren, die gekommen waren, um zu bleiben oder zu sterben, einen neuen Geist.

Für alle anderen war es ein Kampf um eine Stadt, aber für mich war es nicht nur das. Der Krieg war ein Krieg für die Liebe, für eine tiefe Liebe, deren Glut in meinem Herzen simultan mit der Glut des Straßenkrieges aufloderte. Ich wusste, dass unser Scheitern in dieser Stadt sowohl meiner Liebe als auch meinem Leben ein Ende bereiten würde. Also versprach ich all meinen Freunden um mich herum, inmitten der Luft des Todes, dass ich meine Hochzeit in dieser

Stadt, auf diesem Land und unmittelbar nach dem Sieg feiern würde. Als unsere Krieger die Straße hinuntermarschierten, schien es mir, als würde ich meiner Geliebten, meiner lieben Perwin, einen weiteren Schritt näherkommen.

Das Seltsame war, dass die Aufregung der Krieger nicht geringer war als meine eigene. Zwar sprachen alle von der Liebe zu ihrem Land und dem Traum der Freiheit, der mit der Befreiung der Stadt seinen Anfangspunkt hätte, aber meine Situation war etwas anders. Neben der Kraft der Liebe zum Leben hatte Perwins Liebe mir zusätzliche Kraft und viel Vertrauen in meine Person geschenkt.

Wir werden unseren Hals nicht ihren Messern überlassen, wir werden sie besiegen.

Trotzdem sprachen alle darüber, dass es vor Ort keine Anzeichen für einen bevorstehenden Sieg gab. Aber bei der Nachricht über die nahende Ankunft der Peschmerga durchleuchteten Lichtblicke unsere Gespräche und wärmten unsere müden Seelen.

Die einzige Richtung, aus der die Peschmerga zu uns gelangen konnten, war über die türkische Grenze. Währenddessen warteten die staatlichen Medien tagtäglich auf die Nachricht der vollständigen Besetzung und des Falls Kobanes. Sie hatten klar gemacht: „Wir leben nicht in einer Zeit der Wunder. Tatsache ist, dass diese Stadt entweder heute oder morgen in der Hand der Terroristen sein wird, deren schwarze

Flaggen dunkle Schatten über Kobane werfen werden."

Aber viele Tage vergingen, nachdem diese Worte gesprochen wurden, und die Stadt fiel nicht in ihre Hände. Unter den Kämpfern gab es Diskussionen über die Ankunft und Abwesenheit der Peschmerga.

„Die Türkei wird niemals zulassen, dass Peschmerga zu uns kommen."

„Wenn die Vereinigten Staaten wollen, kann die Türkei nicht nein sagen."

„Ich glaube nicht, dass sie kommen werden."

„Ich glaube, sie werden kommen."

„Die Vereinigten Staaten haben entschieden, dass die Peschmerga uns helfen können."

Ihre Diskussionen waren noch nicht beendet, als mehr als einhundertfünfzig Peschmerga mit all ihren Waffen in Kobane eintrafen. Mit ihrer Ankunft agierten selbst jene Krieger, die daran gezweifelt hatten, die Angriffe der langbärtigen Feinde abzuwehren, nun mit einem anderen Gefühl, mit einem anderen Geist. Trotz der geringen Anzahl von Peschmerga-Kämpfern waren sie eine große Kraft und Stütze in der Schlacht um Kobane. Sie waren mehr als eine militärische Kraft, sie waren eine spirituelle Kraft.

Ende September erreichten sie die Stadt. Seit diesem Tag wurden viele neue Pläne geschmiedet. Wenn einer von uns einem verwundeten Monster des IS von Angesicht zu Angesicht gegenüberstand, wurde es umso verrückter, je schwerwiegender seine Verletzung war. War das Monster sicher, dass es sterben würde, würde es auf jeden Fall versuchen, noch weitere mit sich zu reißen. Das verwundete Monster dachte nicht an seinen eigenen Schmerz, sondern daran, anderen zu schaden. Diejenigen zu töten, die es als seine Feinde ansah, und alles zu zerstören. Das, was sich täglich vor meinen Augen abspielte, war ein blutiger Krieg und weit entfernt von den Gefühlen der Menschlichkeit. Die Brutalität gegen uns erlaubte dem Menschen nicht, menschlich zu handeln. Es gab keine Möglichkeit zu verhandeln und Kompromisse einzugehen und jegliches rationale Denken war ausgeschaltet.

Im Krieg werden die Menschen eins mit ihrer Waffe. Je besser die Waffe funktioniert, desto besser das Ergebnis. Das Gehirn arbeitet nur um ein zentrales Thema herum: Bevor er dich tötet, musst du ihn töten. Inmitten der Härten des Krieges wurde mir aufgrund meiner Beschäftigung mit meiner Liebe zu Perwin klar, dass ich nicht zu den Reihen talentierter Krieger gehörte. Ich war ein ernsthafter Kämpfer, ja, aber nicht schlau. Als der Krieg sich hinzog, wandten sich meine Gedanken langsam anderen Lebensmöglichkeiten zu.

Jeden Abend und in den Pausen legte der 22-jährige Bahoz Horan seine Waffe neben sich und postete auf seiner Facebook-Seite die neuesten Nachrichten aus den Straßen von Kobane. Die Internetverbindung war nicht immer da, aber in jenen Momenten, in denen sich eine gute Gelegenheit bot, mit der Außenwelt zu kommunizieren, brachte dies eine entscheidende Abwechslung. Es war nur eine kurze Atempause inmitten dieses schwierigen Alltags, in dem Dutzende junger Leute in den Unterschlupf, in dem sie manchmal etwas Ruhe oder Ablenkung finden konnten, kamen und gingen, sich verabschiedeten und manchmal nie mehr wiederkamen. Und in einer dieser Pausen ertönte die Stimme von General Hamo laut und warnend: „Unser blinder Freund Salim Kor ist verletzt! Eine Mörsergranate traf sein Haus!"

„Wie ist sein Zustand?"

„Er ist am linken Arm verletzt. Ich habe ihn verbunden, aber er hat geschrien. Ich konnte nicht darauf warten, dass die Ärzte kommen."

Mit ihren begrenzten Ressourcen bauten die Widerstandskämpfer mit Hilfe einiger Ärzte und Sanitäter transportable Krankenhäuser. Sie waren vierundzwanzig Stunden im Dienst und heilten die Wunden der Kämpfenden und der Bewohner der Stadt, die dort geblieben waren.

Die Worte des blinden Salim Kor verbreiteten sich wie ein Lauffeuer unter den Menschen. Er erklärte: „Wenn wir diese Stadt verlassen, werden wir blind. Kobane ist die einzige Stadt der Welt, in der wir frei leben und die Dinge klar sehen können. In Kobane zu bleiben ist Leben und daraus abzuwandern ist Blindheit."

Der General sprach über den blinden Salim Kor, als dieser verwundet wurde: „Als ihn die Granate traf, verlangte er sofort, sich mit den Kämpfern, mit seinen Kindern, wie er sie nennt, zu treffen, um sich zu verabschieden."

Der General fuhr lachend fort: „Anfangs hatte Salim Kor große Angst vor dem Tod und bat mich, seine kämpfenden ´Söhne´ und ´Töchter´ zu treffen, um ihnen Lebewohl zu sagen, aber nachdem ich seine Wunde behandelt und mich vergewissert hatte, dass er am Leben bleiben würde, fragte er nach niemandem mehr. So sorgte er dafür, dass Azrael, der Engel des Todes, ihn nicht mehr besuchen würde."

General Hamo lobte seine eigenen medizinischen Fähigkeiten ebenso selbstsicher wie auch seine Bemühungen und seinen Erfolg, junge Kämpfer zu rekrutieren.

Die jungen Menschen genossen seine Reden, seine Kleidung und seine Gesten. Aber all diese Eigenschaften konnten die Zeichen der Traurigkeit nicht verbergen, die auf seinem Gesicht erschienen. Der Kampf wurde intensiver. Überall waren Explosionen zu hören, die große Zerstörungen anrichteten. Es gab keine Gelegenheit für die Menschen, Witze zu erzählen oder zu lachen.

Der Krieg wurde immer schlimmer, schwerer erkämpft, winzige Erfolge mussten teuer bezahlt werden. Und trotz der hohen Verluste gab es keine Fortschritte. Dennoch wuchs die Hoffnung und der Kampfeswille mit jedem Tag. Zum einen waren sie immer noch am Leben und wollten am Leben bleiben. Zum anderen verfolgten sie immer noch das Ziel, die Belagerung der mörderischen Feinde zu durchbrechen. So wurde auch meine Aufregung, meine Wut, meine Freude, die Liebe meines Herzens stärker. Mitten im Herzen eines grausamen Kampfes gegen die Träger schwarzer Fahnen hatte ich weiße Träume in Form eines Brautkleides.

Ich gab mir hartnäckig ein unwiderrufliches Versprechen: Was auch immer passiert, selbst wenn diese Stadt in Trümmer gelegt wird, selbst wenn das Gespenst des Todes diesen Himmel nicht verlässt, ich werde Perwin dazu bringen, das Kleid der Braut zu tragen und sie hier zu heiraten.

Manchmal war ich wütend auf mich und diese Träume und Fantasien, manchmal war ich glücklich darüber. Außerhalb meiner inneren Welt war die Situation aber anders. Die Soldaten des „Islamischen Staates" wollten die Soldaten des Staates, in dem wir lebten, auslöschen, und sie kämpften darum, diese Staatsflagge durch ihre schwarzen Flaggen zu ersetzen.

Zwischen den Armeen der beiden Staaten waren wir staatenlose und hilflose Jugendliche gefangen, und wollten dennoch die Geißel beider Seiten loswerden und frei und unabhängig leben. Das Traurige war, dass weder für uns noch für die anderen ein Zusammenleben möglich war. Dieser Krieg war auch eine Folge dieser Tatsache. Dieser Krieg würde erst mit dem Sieg der einen Seite und der Vernichtung der anderen Seite enden. Selbst in diesen Momenten war noch nicht klar, wie das Schicksal meiner Seite und meiner Liebe aussehen würde.

Cihan

Die Hälfte meiner Gedanken war bei meiner kranken Mutter, die sich auf der anderen Seite der Grenze befand. Die andere Hälfte war bei den Kämpfern, bei unseren Jungs und Mädchen.

Es gab weder die Zeit, um sich vor den Fernseher zu setzen, noch um das Alltagsleben zu genießen. Ein blutrünstiges Ungeheuer wütete und wilderte wieder vor unseren Türen.

Unvermittelt hatten unsere Kämpfer mit einem neuen Gegenschlag begonnen. Sie griffen an und zogen sich zurück. Sie legten Hinterhalte und verlegten Minen.

Und damit begann ein Straßen- und Nahkampf im Südostviertel der Stadt.

Ich war froh, dass das Viertel „Botan Xerbi", in dem sich unser Haus befand, als erstes von der Kontrolle der Langbärtigen befreit wurde. Mehr als die Hälfte unseres Hauses wurde zerstört und die Wände wurden zertrümmert. Doch es gab wenige noch intakte Räume, die wir zügig putzten und zum Wohnen und Schlafen vorbereiteten.

Obwohl es kaum Zeit gab, die Häuser wieder aufzubauen, begannen einige Bewohner der Stadt, die noch heilgebliebenen Zimmer in ihren Häusern vom Schutt zu befreien und benutzbar zu machen.

Perwins Haus befand sich im selben Viertel, doch es lag in Schutt und Asche. Nur der Walnussbaum stand immer noch stolz an seinem Platz, wenn auch mit gebrochenen Ästen in diesem kalten und blutigen Winter.

Über das befreite Stadtviertel kroch eine schwere, traurige Nebelwelle. Es gab nur noch zerstörte Häuser, alles lag in Trümmern.

Dennoch wehrte sich ein feiner Hoffnungsschimmer im Schutz der Wände und geduckt unter den Bäumen gegen die trostlosen Schatten. Ein auf Leben und Tod geführter Gegenangriff zog Straße um Straße in Richtung der Jarmuk-Schule. Unsere Kämpfer hatten die Schule von den Langbärtigen befreit und die Kontrolle über den Azadi-Platz, den Platz der Freiheit, gewonnen.

Jetzt war das Zentrum für Kunst und Kultur dran. Die zottelbärtigen Islamisten hatten das Zentrum zu ihrer Kommandozentrale umgestaltet.

Eine Unzahl von Truppen schaffte es ungesehen, das Zentrum zu umzingeln. Dann brach plötzlich ein heftiges Gefecht aus.

Es vergingen schwere Stunden, Stunden, die mit Blut getränkt waren, doch die Feinde waren bald dazu gezwungen, sich Schritt für Schritt zurückzuziehen. Die zerfetzten Leichen ihrer Mitkämpfer ließen sie dabei achtlos liegen.

Givara, der den Beinamen „Soranî“ trug, weil er im Gegensatz zu einem Großteil seiner Kurmanci-sprechenden Mitkämpfer den kurdischen Dialekt Sorani sprach, war der Erste, der die Flagge seiner siegreichen Mitkämpfer auf dem höchsten Dach der Gebäude hisste.

Der Hoffnungsschimmer begann sanft zu leuchten. Während die Kämpfer ihre gefallenen Kameraden beweinten, die vor ihren Augen gestorben waren, starrten dieselben Augen hoffnungsvoll auf den gerade errungenen Sieg.

In dieser Nacht postete Bahoz Horan auf seiner Facebook-Seite folgenden Beitrag: „Die Söldner sind nicht mehr in der Lage, ihre Angriffe fortzusetzen und wechseln nun in eine Abwehrstellung. Wir ziehen unsere Offensive durch, bis jeder letzte Quadratmeter von Kobane befreit ist.“

Am nächsten Tag trafen sich mittags einige Kämpferinnen, um eine gemeinsame Pause von den Kriegshandlungen zu verbringen. Eines der Mädchen erzählte voller Stolz von der letzten Kugel, die es sich gut aufbewahrt hatte.

„Diese Kugel behalte ich für mich selbst. Falls ich denen in die Hände falle, ist diese letzte Kugel für mich.“

Eine andere Kämpferin erklärte: „Meine letzte Waffe ist eine Handgranate. Wenn dieser beschissene Moment kommt, dann möchte ich nicht allein ins Jenseits fahren. Ich werde einige von denen mitnehmen."

Die Mädchen und jungen Frauen erzählten frohen Mutes und in gelöster Stimmung ihre Geschichten von dem, was sie im Kampf erlebt hatten. Wie lustig sie es fanden, dass die Langbärtigen fest daran glaubten, dass sie nicht in den Himmel kämen, würden sie von einer Frau erledigt werden.

Eine erzählte: „Immer, wenn wir uns einander annähern, dann beginne ich zu trillern oder laut zu schreien, damit sie mich als Frau erkennen. In diesem Moment müssen sie entscheiden: Entweder sie fliehen oder sie werden von einer Frau getötet und verpassen so die Chance, in den Himmel zu kommen."

Während sie sich von ihren Erlebnissen erzählten, belustigte sie die Tatsache, dass sie unter den Feinden so viel Ratlosigkeit stiften konnten.

Sie waren glücklich, dass sie diese Männer einschüchtern und mit ihrer schieren Existenz als Frau ängstigen konnten. Diese Männer, die bei jeder sich bietenden Gelegenheit Frauen versklavten und sie auf den Basaren verkauften.

Etwa zehn Tage vor Silvester schrieb Bahoz auf seiner Facebook-Seite zur Lage in Kobane: „Wir haben die Kontrolle über das Stadtzentrum gewonnen und den Feind niedergeschlagen."

Aber die Langbärtigen, die von den Kämpfern „Çete" - Söldner - genannt wurden, waren keine Männer, die ihre Niederlage leichtfertig akzeptierten und sich ergaben. Ganz im Gegenteil: Ab dem Tag ihrer Niederlage bis zwei Tage vor Silvester hörten die Attacken mit Autobomben nicht auf. Sie wollten die Gebiete, die sie verloren hatten, mit aller Gewalt zurückerobern. Die heftigsten Gefechte fanden dann zwei Tage vor Silvester statt. Der Widerstand der tapferen Kämpfer war aber nicht zu brechen und die Angreifer wurden abermals in die Flucht geschlagen. Dabei ließen sie über vierzig „Çete“-Leichen zurück.

Auch Dutzende Kämpfer, Mädchen wie Jungs, mussten dem Friedhof der Stadt übergeben werden. Darunter auch der höfliche, warmherzige, wagemutige Givara, der Sorani.

„Wenn ein Bulle stirbt, bleibt von ihm nur die Haut. Wenn ein Mann stirbt, bleibt von ihm sein Ruf.“

Mit diesem Sprichwort hatte Salim, der Blinde, Abschied von ihm genommen.

Als die Menschen den letzten Tag des Jahres feierten, war Kobane mitten in der Schlacht. Überall auf der Welt war der Himmel mit Feuerwerken beschmückt, nur der Himmel von Kobane flimmerte mit echtem Feuer und Flammen. Echtem Feuer, das Zerstörung und Tod hinter sich zurückließ. Trotz der Befreiung der ReŞ-Schule war die Freude über das neue Jahr sehr weit entfernt. Etliche Frauen und Männer fielen in dieser Nacht. Die Bärtigen ließen sie ihrem Leben kein weiteres Jahr hinzufügen.

Die Leser, die Bahoz Horan auf Facebook folgten, warteten auf eine Nachricht aus Kobane, aber anstatt Neues über die ReŞ-Schule zu erfahren, lasen sie die Nachricht von seinem Tod.

Bahoz hatte seine Facebook-Seite für seine Follower zu einem offenen Fenster nach Kobane umgestaltet. Kobane, das voller Blut, Flammen und Verwüstungen da lag. Anstatt neuer Nachrichten aus Kobane las man in den Kommentaren:

„Ruhe in Frieden, Bahoz."

„Ruhet in Frieden, Ihr gefallenen Frauen und Männer von Kobane."

„Wir sind stolz auf euch."

„Wir sind stolz auf euch."

Um die Stadt von den bärtigen Männern zu säubern, wurde zu Beginn des neuen Jahres eine neue militärische Operation durchgeführt. In der ersten Woche wurde der Hügel Meshtanur zurückerobert.

In der zweiten Woche, zum ersten Mal nach der Schlacht, traf ich meinen Bruder Rodi wieder. Ungeplant und unverhofft sahen wir uns zu Hause wieder. Rodi sah müde aus, aber die Hoffnung hatte er nicht verloren. Er erzählte mir mit frohem Mut:

„Siebzig Prozent der Stadt wurden zurückerobert. Nur das östliche Gebiet befindet sich noch unter der Kontrolle des Feindes."

Trotz allem hatte er aber nicht vergessen, nach Perwin

zu fragen.

„Hast du Neuigkeiten von Perwin?"

Lachend antwortete ich ihm: „Du weißt bestimmt mehr von ihr als ich."

Wann immer ich mich in unserem Haus befand, das in Teilen zerstört, aber deren noch intakte Räume zum Wohnen verwendet wurden, spürte ich die Anwesenheit von Vater. An diesem Tag, als Rodi und seine Freunde, die immer in Eile waren, wieder gingen, kam der Vater erneut mit seinem weißen Gewand in meine Nähe. Ich spürte seinen Atem.

„Meine Tochter, Häuser und Bauwerke werden zerstört und wieder erbaut. Aber was nicht heilbar ist, ist der Mensch, wenn er sich verdirbt. Meine Tochter, lass die Zerstörungen der Häuser und Mauern dir nicht die Hoffnung erschüttern."

Was er für mich in seinem Leben getan hatte, nämlich mich zu ermutigen, tat jetzt sein Geist.

Obwohl das Haus nun leer war, ohne seine Bewohner, trotz der eingestürzten Wände und der Verwüstung, fühlte ich mich wohl, wenn ich darin war. Es war das Gefühl von „sich zu Hause fühlen".

In der Zeit, als das Haus erobert worden war, hatte ich erkannt, wie sehr ich es wertschätzte. Ich hatte die bloßen Wände und sogar den Sand in unserem Hof vermisst.

Die Kämpfer im östlichen Gebiet warteten darauf, dass die restlichen Gebäude von anderen Truppen ihrer Einheiten befreit wurden. So galt es, die Aleppo-Straße im Süden der Stadt zurückzugewinnen, danach den Marktplatz „Souk-Hal“, die Tankstelle von Hadschi Mahmud, die Hälfte des Industriegebietes „Sina'a“, die Straße 41 sowie die Sayda-Gasse. Das alles galt es, den Händen der Zottelbärtigen zu entreißen.

Im Süden begann die Befreiung der nahen Dörfer. Temik war das erste Dorf, das zurückgewonnen werden konnte. Dann folgte das Dorf Memite. Am 26. Tag nach Silvester gewannen die Kämpfer endlich die Kontrolle über die Straße Helinc.

Kobane war endlich vollständig von den Eindringlingen befreit worden. Zurück ließen diese nur die Leichen ihrer Kameraden, Landminen und Munition, und flohen in Richtung Raqqa, der Hochburg des Kalifats.

Als ich in die Stadt gekommen war, hatte ich sie nicht wiedererkannt. Kobane war größtenteils zerstört. Nicht nur mir erging es so, sondern allen, die hierher zurückkehrten. Als ich nach Hause gehen wollte, verlief ich mich. Nur mit Mühe konnte ich den richtigen Weg finden. Das Haus war vollständig zerstört worden, nur zwei Zimmer standen noch da und waren brauchbar.

Ich konnte meinen Augen nicht glauben. Ich war völlig erschöpft. In diesen hundertvierunddreißig Tagen war ich um Jahre gealtert. Die Tage vergingen sehr langsam, vergingen wie Jahre, jedoch gleichzeitig so schnell wie kurze Augenblicke. Dutzende Frauen und Männer, mit denen wir zusammen gegessen, getrunken und Lieder gesungen hatten, lagen jetzt unter der Erde begraben. Und mit ihnen auch einige Teile unserer Seelen. Mütter und Väter mussten ihre Kinder auf dem Friedhof begraben, der sich Tag für Tag ausweitete.

Es war ein schwerer Tag, an dem ich mir eingestehen musste, dass es für mein junges Alter eine harte Probe gewesen war und ich in manchen Momenten und bei einigen Erinnerungen meine Tränen nicht zurückhalten konnte.

Eine Freundin sagte: „Wie schön es doch wäre, wenn die Gefallenen diesen Tag sehen könnten. Wenn sie ins Leben zurückkehren könnten, auch wenn es nur für einen Tag wäre."

Das ließ mich in tiefe Trauer sinken.

Ich war bereits überzeugt, dass die Ungerechtigkeit das Leben beherrschte. Aber mit diesen Worten war diese Ungerechtigkeit plötzlich greifbar und lebendig vor meinen Augen.

„Sie haben uns die Freiheit gegeben, während sie selbst frühzeitig gegangen sind. Sie haben etwas geleistet und jetzt sind andere da, um von dem Resultat zu profitieren. Sie gingen und ließen uns den Ruhm."

Mit einer Mischung aus Freude und einem Kloß

im Hals, ersehnte ich die Rückkehr meiner Mutter, meiner Geschwister und der Bewohner der Stadt.

Obwohl die Söldner des „Islamischen Staates“ nur Ruinen hinterlassen hatten, war ich grenzenlos froh über unseren Sieg.

Ich war so müde und wollte einfach in die Arme meiner Mutter fallen. Ich wollte zumindest ihre Stimme hören und nach einigen missglückten Versuchen erreichte ich sie telefonisch.

„Ich vermisse euch alle, Mutter. Ich möchte euch alle so schnell wie möglich wiedersehen.“

Meine Mutter, die auf der anderen Seite der Grenze war, antwortete mit Schluchzen.

„Meine Tochter, mir fehlen die Worte. Ist das wahr, dass Kobane wieder frei ist und wir zurückkehren können?“

„Ja Mutter, kommt. Kobane ist wieder frei.“

Walnussbaum

Der Schmerz schlich sich durch meinen Stamm und meine Äste. Ich wusste nicht mehr, woher oder von wem die tödlichen Schläge kamen. Einerseits war ich mit meinen erbarmungslosen Wunden in meinem ganzen Körper beschäftigt. Ich konnte kaum glauben, dass diese jemals wieder geheilt werden könnten.

Andererseits war ich glücklich, dass die Bewohner wiederkehrten, besonders Perwin und ihre Familie.

Im Haus war nichts heil geblieben. Alle Wände waren beschädigt. Die Dächer waren teilweise zerfallen.

Meine Familie, die mich alleine gelassen hatte, kam jetzt wieder zurück. Sie waren froh, dass sie noch am Leben waren, aber im selben Moment traurig, weil nichts in dem Haus unbeschädigt geblieben war. Nicht einmal ich, der stumme und taube Nussbaum.

Bis zum letzten Tag meines Lebens, werde ich die Tränen der Kinder nicht vergessen können. Als sie das Haus in Schutt und Asche wiedergefunden hatten, sagten sie zu ihrer Mutter: „Mutter, unser Haus wurde zerstört. Wo sollen wir schlafen?“

Der Zustand der benachbarten Häuser war nicht

besser. Die Mutter fing sofort mit den Aufräumarbeiten an. Überall sah man das gleiche Bild. Die Menschen wohnten vorübergehend in den heilgebliebenen Häusern und von dort aus begannen sie mit dem Wiederaufbau ihrer eigenen Häuser.

Rodis Haus hatte weniger Schaden genommen als das von Perwin. Obwohl Rodis Familie größer war als Perwins, fanden alle Geschwister mit ihren Familien, die nach Kobane zurückgekehrt waren, Platz in den unzerstörten Räumen des Hauses. In Kobane war eine neue Phase im Gange, nämlich der Wiederaufbau. Die massive Zerstörung der Stadt konnte Rodis Plan nicht verhindern, schnellstmöglich sein Versprechen zu halten und seine Hochzeit mit Perwin auf Kobanes Boden zu feiern:

„Perwin, ich träume davon, dich in einem Brautkleid zu sehen. Auch wenn das mitten in den Ruinen wäre."

Perwin empfand diese Eile, die Hochzeit feiern zu müssen, bedenklich.

Er versuchte, seine Idee philosophisch zu schmücken.

„Die Hochzeit ist ein Zeichen unseres Sieges gegen den Tod, der uns umzingelt hat. Sie ist ein Zeichen des Wiederaufbaus, der Sieg der weißen Farbe und die Niederlage der schwarzen Fahnen."

Für Perwin, die von den Zerstörungen und Ruinen schockiert war, waren Rodis Worte eine Fantasie:

„Du siehst die Sache sehr einfach. Sieh dich um. Siehst

du außer Leichen und Verwüstung etwas anderes?"

Aber Rodi war beharrlich.

„Das Ziel des Feindes ist eben genau das: Uns das Leben wegzunehmen und uns zu entmutigen. Wir müssen alles tun, damit er seine Ziele nicht erreicht. Wir machen das fürs Leben."

Rodi wollte in dieser Sache alles übereilen, aber Perwin war besorgt und traurig. Beide Familien waren mit dem Wiederaufbau beschäftigt. Perwins Familie brachte den Trümmerhaufen weg, staubte die Räume ab, wusch die Betten. Währenddessen versuchte Perwin, meine gebrochenen Äste zusammen zu binden. Meine Lage war nicht besser als die Lage eines eingestürzten Hauses. Sogar meine Wurzeln, die sich tief in die Erde gezogen hatten, waren von den Bomben nicht verschont worden. In den letzten Tagen war die Hölle los gewesen. Die Kampfjets der „Internationalen Koalition gegen den IS" hatten von oben angegriffen, während die Freiheitskämpfer die Söldner vom Boden aus angegriffen hatten. Und die Schüsse aller Seiten trafen mich.

Der Schaden an Perwins Haus war größer als die Beschädigungen von Rodis, darum dauerten die Reparaturarbeiten auch länger, um es wieder bewohnbar zu machen. Perwin konnte Dutzende ihrer Bücher retten, die unter den Trümmern begraben worden waren. Außerdem brachte sie neue Bücher mit in das noch im Aufbau befindliche Haus, um sie für einen besonderen Wunsch zu sammeln. Neben dem Heiratswunsch hatte Rodi sie immer wieder gebeten, in ihrem zukünftigen gemeinsamen Zuhause eine Bibliothek einzurichten. Außer mir waren alle mit den Schulungen für den Sprachunterricht beschäftigt. Perwin, Rodi, Cihan und ihre Geschwister. Alle haben mit großer Aufregung auf den Beginn des neuen Schuljahrs der Kinder gewartet, damit sie ihren Lehrauftrag ausüben können. Der Anblick der leeren Straßen war für Gulistan noch niederschmetternder als die Zerstörungen selbst. Das Posten auf Facebook war für sie eine kleine Erleichterung. Sie hatte die Situation ihrer Nachbarn, die ihre Häuser verlassen hatten, so beschrieben: „Für meine Nachbarn habe ich ein Zelt in meinem Herzen gebaut. Dieses Zelt ist jetzt leer, aber sie werden irgendwann zu ihren Häusern, zum Ort ihrer Kindheit, zurückkommen."

Ihre Mutter war diejenige, die am meisten dazu gedrängt hatte, wieder nach Kobane zurückzukehren. Sie wollte auch ihre Kinder für diesen Gedanken erwärmen. Diese hatten sich aber beschwert: „Wie können wir inmitten dieser Trümmer leben?" Die Mutter hatte trotzdem versucht, sie zu ermutigen und die Gedanken an den Wiederaufbau zu erleichtern.

„Die Liebe zum Ort ist das Erste und das Wichtigste. Meine Kinder, warum sollen wir Kobane für immer verlassen? Wer bleibt noch, wenn wir fortbleiben? Wer kümmert sich um alles?"

Diese Fragen hatten das Klagen beendet und sie begannen über ein besseres Leben zu sprechen. Deshalb waren sie auch nicht gegen Rodis Heirat und warteten auf diese gute Gelegenheit, den Klang von Spaß und Freude wieder in diesen Ruinen und Mauern und zerstörten Häusern der Stadt zu hören.

Aber an dem Tag, an dem sie beschlossen, zum Haus von Perwins Vater zu gehen, erhielten sie eine traurige Nachricht, die ihnen das Herz brach.

„Shirins Leiche wurde gefunden."

Einerseits öffneten sich die Wunden der Mutter schlagartig wieder. Normalerweise weinte sie nur heimlich, nicht sichtbar für ihre Kinder, doch manchmal konnte sie den Fluss ihrer Tränen nicht einmal vor ihnen aufhalten. Andererseits erleichterte es sie, den Leichnam ihrer Tochter, die zur Märtyrerin geworden war, bei sich zu wissen, um sie an einem bestimmten Ort zu begraben, damit sie sie immer besuchen konnte. Aber zuerst mussten sie Shirins Willen erfüllen.

„Mein Wille ist: Wenn du mich begräbst, dann wirf die Erde vorsichtig mit deinen bloßen Händen über mich, damit die Erde, für die ich als Märtyrerin gestorben bin, nicht leiden muss und nicht verletzt wird."

So geschah es dann auch. Mit gebrochenen Herzen und traurigen Seelen legten die Freunde der im Kampf gefallenen Shirin mit ihren Händen die kalte

Erde zart auf ihren Körper und betteten sie auf dem Märtyrerfriedhof zur ewigen Ruhe.

Von diesem Tag an besuchte ihre Mutter jeden Tag ihr Grab.

„Ich lasse meine Tochter nicht allein. Die Seele meines Mädchens ist wach, sieht mich und hört alles."

Die Ankunft des toten Körpers seiner Schwester stoppte Rodis Wunsch nicht, seine Hochzeit auf diesem Land abzuhalten. Auf dem Land, auf welchem seine Schwester, zuvor sein Vater und tausende Andere ihr Leben gegeben hatten.

Als hätte er an einem Wettbewerb teilgenommen, bereitete sich Rodi auf seine Hochzeit mit Perwin vor. Es dauerte nicht lange, bis sich sowohl Perwins als auch Rodis Familie in ihren halbzerstörten Häusern wieder einigermaßen einrichten konnten und aller Augen auf einen außergewöhnlichen Tag gerichtet waren.

In einem traurigen Land, das von den Schatten des Todes umschlossen war, schien eine Hochzeit ein seltsames Ereignis zu sein, aber es war ein Ereignis voller Liebe zum Leben.

Es war wie eine direkte Fortsetzung des Widerstands der Liebe gegen Sklaverei, Feindschaft und Hass. Ich selbst, der Walnussbaum, der unter alten Wunden litt und darum kämpfte, am Leben zu bleiben, rief Gott an, mein Leben zu verlängern, um diesen Tag erleben zu können, sodass ich anstatt Ruinen die Vereinigung zweier sich liebender Herzen sehen könnte. Deshalb wollte ich noch mehr als Rodi, dass dieser schöne Tag eher früher als später eintreffen sollte.

Rodi

Der schreckliche Angriff von Trägern schwarzer Fahnen aus aller Welt auf unsere kleine Stadt schien aus der Ferne betrachtet nicht mehr als ein Konflikt, ein Scharmützel, und nicht wie der heftige Angriff, der es tatsächlich gewesen war. In Wirklichkeit kam die Attacke einem Angriff auf die Quelle des Lebens gleich, der von allen Verächtern der Menschlichkeit und Toleranz auf der Welt durchgeführt wurde. Sie wollten diese Quelle austrocknen und die ganze Welt bedrohen. Deshalb kamen durch die militärische Anti-IS-Koalition, an der sich einige arabische und NATO-Staaten aktiv beteiligten, einige der stärksten Kräfte der Welt zu uns, um sich gegen die Dunkelheit zu stellen und diese wichtige Quelle des Lebens mit uns gemeinsam zu schützen, die gemeinhin unter dem Namen Kobane bekannt war, vom syrischen Regime aber als Quelle der Araber und vom IS als Quelle des Islam bezeichnet wurde.

Obwohl die internationalen Kräfte eine gute Hilfe waren, erlebte ich trotzdem die schwersten Tage meines Lebens. Ich hätte nie geglaubt, dass eines Tages eine so tödliche, böse und brutale Kraft auf unserem Boden erscheinen würde, die sich uns so feindlich entgegenstellte.

So sehr wir um das Leben gekämpft und uns für das Leben geopfert haben, so sehr haben sie auch ihre dunkle Macht gegen uns eingesetzt.

Dutzende Jungen zu meiner Rechten, Dutzende Mädchen zu meiner Linken fielen in diesem Widerstand gegen die Zerstörung, aber die Kraft der Liebe zum Leben und auch die Liebe zu Perwin in mir wurde von Tag zu Tag stärker, tiefer und breiter. Als ich beschloss, meine Hochzeit in diesen Ruinen abzuhalten, waren die Leichen vieler von ihnen noch nicht vollständig unter diesen Trümmern hervorgebracht worden. Manchmal sah ich berechtigte Fragen sowohl in den Augen meiner Mutter und meiner Brüder und Schwestern als auch in den Augen der anderen Menschen.

„Warum hast du es so eilig mit der Hochzeit?"

Ich wusste die Antwort auf diese Frage nicht. Aber ich hörte auf eine tiefe Stimme in meinem Herzen, die sagte: „Angesichts dieses schrecklichen Todes muss in diesem Land die Saat des Lebens gesät werden."

Jeder aus Kobane wollte seine Freude über die Niederlage der unmenschlichen Fanatiker mit ihren schwarzen Flaggen auf seine Weise ausdrücken. Das wollte auch ich. Ich hätte auf den tiefen Ruf meines Herzens hören und Perwin zu meiner Braut machen sollen. Ich neigte nicht dazu, die Lautstärke von Musik und Liedern zu erhöhen, ich neigte nicht dazu, mich an den Leichen des Feindes zu erfreuen, aber ich hatte große Lust, den Feinden ins Gesicht zu schreien: „Ihr habt unsere Häuser, unsere Städte zerstört. Ihr habt unsere Mädchen und Jungen getötet, aber ihr konntet den Wunsch in uns, zu leben und zu lieben, nicht töten."

Manchmal war es schwierig, Perwin selbst davon zu überzeugen, dass dieser Monat und nicht ein anderer Monat, dieser Tag und kein anderer Tag der richtige Zeitpunkt für uns war, Brautleute zu werden. Andere zweifelten ebenfalls daran, und sie hatten sicherlich recht, wenn sie warnten: „Die Gefahr und Bedrohung durch den „Islamischen Staat" ist noch nicht gebannt."

Diese Aussage war wahr. Dies hinderte mich jedoch nicht daran, Schritte zur Umsetzung meines Plans zu unternehmen. Im Gegenteil, je länger es dauerte, bis meine Familie zu Perwins Familie ging, um die Verlobung offiziell zu machen und somit das gegenseitige Einverständnis zur Hochzeit zu geben, desto schlimmer wurde Perwins Zustand. Schließlich sagte sie:

„Nach und nach kommen die alten Alpträume, die mir immer den Schlaf geraubt haben, wieder zurück."

Endlich kam der Tag, an dem meine Familie die Familie von Perwin besuchte, um den Heiratsantrag offiziell zu machen und beide Familien waren sich einig, dass die Hochzeit bald und nicht in weiter Ferne gefeiert werden sollte.

Am Tag danach gingen meine Verlobte und ich das erste Mal zusammen aus. Ich wollte mit ihr allein durch die Straßen der Stadt gehen. Zufällig kamen wir zu den Orten, an denen wir uns schon einmal gesehen hatten. Aber dieses Mal begleitete uns ein anderes Gefühl. Wir fühlten mit zwei entspannten und sicheren Herzen. Bei diesem gemeinsamen Spaziergang erinnerte ich mich an meinen Traum, dass wir eines Tages diese Ruinen überwinden, unsere Stadt wieder aufbauen und frei darin leben würden.

Die Farben von Perwins Augen wurden klarer, die Art ihrer Küsse hatte sich verändert und sie wartete auf den kommenden Freitag, den 05.06.2015. Wir bereiteten uns auf unsere Hochzeit vor, doch befanden wir uns in zwei weit voneinander entfernten Welten: in einer von Krieg und Tod gekennzeichneten Welt und einer anderen, in der wir uns mit Hochzeitsvorbereitungen beschäftigten.

Wellen der Traurigkeit und Freude trugen mich hin und her. Salim Kor war die geeignetste Person, um unseren Ehevertrag abzuschließen. Die Wunden an seinem linken Arm waren verheilt und er hatte versprochen, dass er die Waffe seiner im aktiven Widerstand verwundeten Tochter nicht länger ungenutzt liegen lassen würde. Als er seine Tochter im Krankenhaus besucht hatte, hatte sie ihm gesagt: „Ich habe keine Angst vor meinen Wunden, Vater, aber ich habe Angst davor, dass meine Waffe unbenutzt liegen bleibt und nicht mehr sinnvoll eingesetzt wird."

Seine Tochter hatte ihm das mit einem Lächeln auf den Lippen und mit Entschlossenheit in ihren Augen anvertraut. Er aber gab eine Antwort, die seine Tochter nicht erwartet hatte.

„Ich werde nicht mit deiner Waffe kämpfen können, meine Tochter, weil ich blind bin. Gott sei Dank wurden die Träger der schwarzen Fahnen allesamt aus Kobane vertrieben. Aber ich werde deine Waffe nehmen und sie jemanden anvertrauen, der sie in deinem Namen weiterführt."

Seine Tochter war stolz auf seine Einstellung. Deshalb kam Salim Kor am Tag des Ehevertrags mit seiner Waffe zu Perwins Haus. Er würde jemanden finden, an den er die Waffe weitergeben konnte. Bis es soweit war, würde er die Waffe bei sich behalten.

Doch zuerst stand unser Versprechen der Liebe im Mittelpunkt. Wir unterschrieben unseren Ehevertrag und feierten eine kleine und ruhige Hochzeit, die aber von unendlicher Liebe zwischen zwei Herzen erfüllt war.

Hadi Kino, der Fotograf, war glücklicher als alle anderen. Vor allem, als ich ihn bat, ein paar kunstvolle Fotos für uns zu machen. Er lachte und sagte: „Dies könnte der beste Filmtitel in der Geschichte sein: ´Hochzeit zwischen den Trümmern´ oder ´Liebe im Schatten des Islamischen Staates´."

In unserem halb zerstörten Haus gab ich das große

Zimmer meinen Brüdern und Schwestern und ein anderes, kleineres Zimmer blieb für mich und Perwin übrig. Trotz all dieser Zerstörung, dieses schweren Todesgeruchs, der sich in alle Richtungen ausbreitete, konnte ich mir nicht vorstellen, dass jemals ein Brautpaar so glücklich und stolz sein konnte, wie ich und meine Braut Perwin. Als Perwin in ihrem weißen Hochzeitskleid an meiner Seite, dem Bräutigam in schwarzem Anzug und weißem Hemd, durch die Straßen dieser zerstörten Stadt ging, konnte ich den Sieg des Lichts über die Dunkelheit und den Völkermord spüren. Erst in diesen Momenten wurde mir klar, dass all die jungen Menschen, die auf diese Weise ihr Leben gegeben hatten, jetzt im Jenseits glücklich waren, weil ihr Opfer nicht vergeblich war, denn der Weg des Lebens lag jetzt vollständig offen und frei vor uns.

Ich weiß nicht, wie ich meine Gefühle am besten beschreiben kann, aber es fühlte sich so an, als ob an diesem Tag eine Million Herzen in meiner Brust schlagen würden, als ob sich eine Million Jungen und eine Million Mädchen mit einem Schlag ihren Herzenswunsch erfüllen würden. Als ob sie alle gemeinsam aus der Grube des Todes und der endlosen Zerstörung herausgekommen wären und sich gemeinsam in den Reigen des Lebens und der Freiheit begeben würden. Perwins erste Bitte nach der Hochzeit war, mein anderes Versprechen zu halten.

„Nun, unser Haus wurde gebaut, aber die Bibliothek

gibt es noch nicht. Dies darf nicht vergessen werden."

Nicht nur meine Familie war glücklich mit Perwin, auch sie durchlief eine Veränderung. Diese traurige Perwin, die mit Albträumen beschäftigt war, verschwand und wurde durch eine fröhliche, kindische und ausgeglichene Perwin ersetzt.

Auch ich hatte das Gefühl, dass ich verändert wurde und mein Leben sich voranbewegte. Mein persönlicher Wunsch war in Erfüllung gegangen und ich war glücklich darüber, aber ich war mir auch sicher, dass wir viel Arbeit und lange Zeit brauchen würden, um uns auch nur ein wenig zu erholen und zu unserer alten Lebensart zurückfinden zu können. Die umgebenden Schwierigkeiten waren so hoch wie Türme und so weit wie ein Land, aber die Liebe zum Leben und die Freiheit in uns reichte aus, um sieben Türme zu überwinden und sieben Länder zu befreien. Aber jetzt war nicht die Zeit, sich mit Träumen zu beschäftigen, es war Zeit, neue Hoffnung zu schöpfen und hart für eine gute Zukunft zu arbeiten.

Perwin unterbrach meine Gedanken. Ich hatte gar nicht bemerkt, dass sie mich schon zum zweiten Mal gerufen hatte und nun etwas lauter wurde.

„Rodi, komm schon, es ist spät."

„Ja, hier bin ich."

Perwin wartete auf mich. Es gab noch so viel, was von uns verlangt wurde, und wir hatten noch eine Menge unerledigter Aufgaben vor uns.

Cihan

Eine neue Bewegung war in dieser langen Straße entstanden, leer von Menschen und Nachbarn. Was diese Bewegung hervorbrachte, war Rodis Heirat. Niemand hätte gedacht, dass unter diesen harten Bedingungen, inmitten der Ruinen der Umgebung, der Atem des Lebens und das Lächeln auf das Gesicht meiner Mutter, die ihren Mann und ihre Tochter verloren hatte, so schnell wieder zurückkehren würde.

Damals gingen Leben und Tod Hand in Hand um uns herum, ganz in unserer Nähe, in den Straßen dieser Stadt, wo es keinen Ort gab, der nicht zerstört war. Obwohl er klein war, erhob sich ein Sämling grüner Hoffnung unter den Trümmern. Obwohl die Lebensgefahr von dort entfernt worden war, setzte sich unsere Belagerung immer noch fort. Im Chaos der Träume erschien Vaters Seele in all ihrer Weisheit vor mir. Er legte eine große Wärme in mein Herz, und eine Energie wurde wie eine schützende Kraft in meinen Adern freigesetzt. Dieser Übergang zwischen dem Schmerz des Scheiterns und der Freude der Hoffnung dauerte bis zu jenem Tag an. Dem Tag, an dem sich mein Leben komplett auf den Kopf stellen sollte. Es war der 25. Juni 2015, es war gegen vier Uhr morgens im Fastenmonat Ramadan, der in diesem Jahr im Frühsommer begangen wurde. Die meisten Menschen, die das abendliche Fastenbrechen traditionell nach Sonnenuntergang begangen hatten, waren noch nicht wieder eingeschlafen. Mich aber rissen Explosionen und Schüsse aus dem Schlaf. Zuerst dachte ich, es wäre ein Traum oder die Freude der Kämpfer, einige neue Gebiete aus den Händen der Dschihadisten gerettet zu haben. Auch meine Mutter glaubte, dass die Schüsse Freude über einen Erfolg ausdrückten, denn sie war ruhig und wollte sich bereit machen, das Haus zu verlassen. Ich fragte meine Mutter, wohin sie gehen wollte:

„Was machst du, Mutter?"

„Ich hatte gerade noch eine leichte Mahlzeit, bevor die Sonne wieder aufgeht und möchte gleich zum morgendlichen Gebet."

Das Geräusch der Schüsse kam aber immer näher und es schien, als würden sie die Wand unseres Hauses treffen. Alles geschah innerhalb von Augenblicken und niemand wusste, was los war. Meine Mutter wurde plötzlich unruhig und bat meine Schwester Berivan, die Stadtverwaltung anzurufen, um herauszufinden, was um uns herum gerade passierte. Als der erschrockene Ruf der Frau meines Bruders Ahmed von draußen zu hören war, erstarrte Berivan am Telefon.

„Mutter, sie haben Ahmed verletzt!“

Unter dem Geräusch von Schüssen forderte meine Schwester alle auf, tiefer ins Haus zu den hinteren Räumen hineinzugehen und sich zu schützen, aber die Ankunft des verletzten Ahmed machte dieses Vorhaben zunichte, denn alle versuchten, ihn ins Haus hineinzuzerren.

Während sie dies versuchten, wurden sie von den Angreifern draußen entdeckt. Diese machten sich über die hoffnungslosen Versuche lustig, sich in Sicherheit bringen zu wollen und verspotteten die „feigen und ungläubigen Schweine, die nur mithilfe der amerikanischen Kampfjets mutig genug wären, sich zu verteidigen“ in arabischer Sprache, ehe sie zu einem weiteren Angriff ansetzten. Die nächste Attacke galt meinem Bruder, dem Bräutigam, dessen Hochzeit erst 20 Tage her war. Rodi wurde getroffen und schleppte sich mit einer schrecklichen Wunde ins Innere des Hauses. Er bat die anderen, niemanden zurückzulassen. Perwin flehte Berivan an: „Rodis Verletzung ist sehr schwer, bitte rufe sofort einen Krankenwagen!“

Aber das Geräusch von Schüssen und das gewaltsame Eindringen der Angreifer in das Haus, gaben niemandem die Zeit, zu handeln. Als Berivan in unser letztes Zimmer rannte, folgte ich ihr und wir landeten beide in einer kleinen Ecke unseres halbzerstörten Hauses, wo eine weitgehend zerbröckelte Mauer uns beiden gerade noch genug Schutz bot, wenn wir uns tief in die Ecke drückten, zusammenkauerten und den Kopf einzogen. Trotzdem war kaum genug Platz für uns beide. Hätte ich den Kopf nur ein bisschen mehr gehoben, wäre ich den Angreifern ausgesetzt gewesen. Solange ich lebe, werde ich diese schrecklichen Momente nie vergessen. Meine Mutter, meine Schwester, mein Bruder und andere Familienmitglieder wurden einer nach dem anderen in meiner Anwesenheit kaltblütig getötet und ich durfte mich nicht bewegen oder auch nur ein leises Geräusch von mir geben. In jenen Momenten, in denen ich nur noch einen Schritt vom Tod entfernt war, ergriff mich eine erstaunliche Kraft des Lebens und ich fragte mich im Stillen: „Sie haben alle unsere Erwachsenen getötet. Wenn sie mich auch töten, wer wird für unsere Nichten und Neffen sorgen?“

Obwohl jedes noch so kleine Geräusch verheerend hätte sein können, flüsterte ich Berivan zu, sie solle ihr Telefon stumm schalten, damit es uns nicht verraten könnte. Die Feinde des Lebens drangen mitten in meine Familie ein und töteten jeden sofort, sobald sie auch nur das leiseste Geräusch oder Lebenszeichen vernahmen. Obwohl meine Schwester Gulistan versucht hatte, den Sohn meines Bruders Ahmed aus der Reichweite der Mörder zu bringen, sich und den Jungen hinter der Tür zu verstecken, wurde sie genau dort erschossen. Ohne dass der überraschte Junge wusste, was um ihn herum geschah, töteten sie ihn. Er wusste auch nicht, dass die Stille seiner Tante in diesen Momenten für immer andauern würde und er sich nicht mehr an ihr erfreuen oder sie sehen konnte, bevor auch er für immer still wurde. Ich hatte keine Ahnung, wie ich es geschafft habe, ungefähr zehn Stunden lang so bewegungs- und geräuschlos in dieser Ecke mit meiner Schwester Berivan zu verharren. Die Schreie meiner verletzten Mutter hallten immer noch in meinem Ohr. Zugleich war da das Bemühen meines Bruders Ahmed und seiner Frau, die Mutter von sechs Kindern war, nicht zu sterben, um ihre Kinder nicht als Waisen zurücklassen zu müssen.

Am schlimmsten war das Schicksal des neuen Brautpaars, das blutüberströmt und mit der ganzen Kraft seiner Jugend bis zum Schluss gegen die offenen Wunden kämpfte. Als Perwin Rodis verwundeten Kopf auf ihr Knie legte, konnte sie einfach nicht fassen, dass er das Ziel jener langbärtigen Angreifer geworden war, die im Monat Ramadan, zu Beginn des Morgengebets und nach dem Nachtgebet, im Namen Gottes, das Recht auf Leben von diesen unschuldigen Menschen forderten. Das neue Brautpaar hielt sich auch in diesen Momenten des Todes an den Händen, war sich nahe. Und wie zwei Liebende in den Armen des anderen, mussten sie das Leben hinter sich lassen und gehen, ohne sich verabschieden zu können.

Sie ließen ihre großen Träume zurück, in einem freien Land zu leben, sowie ihre kleinen Träume, wie den Bau einer Bibliothek zu Hause. Sie starben in diesem Morgengrauen und gingen ohne Wiederkehr. In dieser Zeit und als das Geräusch der Schritte und der Kugeln der Mörder verhallte, rief meine Schwester Berivan unsere Kämpfer an und fragte nach der aktuellen Gefahrenlage. Die Antwort war: „Die Angreifer befinden sich auf dem Dach eures Hauses. Ihr müsst geduldig sein. Wir können jetzt nicht kommen, um euch zu retten. Wir brauchen ein bisschen Zeit, wartet auf uns."

Es war nach zwei Uhr nachmittags, als uns mitgeteilt wurde, dass unsere Belagerung aufgehoben sei und wir diese Ecke verlassen konnten. Aber was mussten wir sehen? Drinnen lagen überall die Leichen unserer Familie verstreut. Vor der Tür und den ganzen Weg die Straße runter bis zu den Häusern der Nachbarn erkannten wir in den Verletzten und Toten Onkel und Tanten, Cousinen, Brüder, Schwägerinnen und Schwestern. Das Leben von zehn Mitgliedern aus meiner Familie wurde innerhalb von ein paar schrecklichen Augenblicken ausgelöscht: meine Mutter, mein Bruder Ahmed und seine Frau, Rodi und Perwin, meine Schwester Gulistan, ein Onkel und drei Cousins. Sie alle verabschiedeten sich vom Schmerz ihrer Wunden und von uns Lebenden, die nicht mehr wussten, wie sie weiterleben sollten, und gingen in eine andere Welt. Als mein Onkel getötet worden war, kam seine Tochter aus ihrem Versteck und eilte zum Leichnam ihres Vaters. Die Kinder meines Bruders weinten beim Anblick der Leichen ihrer Eltern und schluchzten: „Vater! Vater! Mutter! Mutter!"

Als wäre es ein grausamer Plan der Dschihadisten gewesen, waren die Kinder fast allesamt verschont geblieben und wurden nun mit der Trauer und dem Schmerz dieser unsagbaren Verluste zurückgelassen.

Wir waren unfähig, etwas zu sagen, kein Wort schaffte es über unsere Lippen. Ein Kind fand irgendwann seine Sprache wieder und fragte das andere: „Warum liegt Tante Perwin so auf dem Boden, warum liegen sie alle so auf dem Boden?"

Das gefragte Kind, nur ein Jahr älter, antwortete: „Sie sind alle Märtyrer, sie sind Märtyrer!"

Das Kind, das gefragt hatte, schwieg eine Weile, als hätte es nicht verstanden. Dann fragte es: „Märtyrer?"

Ohne zu wissen, was um sie herum vor sich ging, irrten die Kinder an diesen Orten des Todes umher wie in einem Labyrinth. An diesem Tag hatten die Mörder gewetteifert, wer die meisten Menschen in Kobane töten konnte. Für sie gab es keinen Unterschied zwischen Männern und Frauen, zwischen Erwachsenen und Kindern. Sie waren in den gestohlenen Uniformen unserer eigenen Kämpfer und mithilfe vieler Finten schwer bewaffnet in die befreite Stadt eingedrungen und hatten ihre Niederlage nicht an den Kämpfern, sondern an deren Eltern und Großeltern gerächt.

Der Hass der Mörder richtete sich sogar gegen die Mauern und Häuser der Menschen dieser Stadt. Sie waren wütend, als sie sahen, dass dort noch immer Mauern standen. Sie wollten in diesem Land nichts hinterlassen, was noch aufrecht stehen konnte. Sie wollten alles bis auf den Erdboden niederreißen. In diesen wenigen Stunden überstieg die Zahl der Todesopfer dreihundert Menschen. Am Anfang glaubte ich, dass die Mörder einfach nur versucht hatten, unsere Familie auszurotten, aber später wurde mir klar, dass sie nicht nur versucht hatten, die Menschen einer ganzen Stadt auszurotten, sondern entschlossen waren, eine ganze Nation zu vernichten. Am nächsten Tag ging der Kampf mit den Angreifern weiter. Obwohl unsere Kämpfer und Sicherheitskräfte sie umzingeln konnten und einen nach dem anderen erschossen, war es schon zu spät und Dutzende von zurückgelassenen Leichen lagen auf den Straßen.

In diesen zwei Tagen erweiterte sich der Friedhof in Windeseile und dieses Mal wurden nicht ein oder zwei, sondern Dutzende von Leichen gemeinsam begraben. Als ich an diesem Tag aufwachte, wusste ich nicht, was mit mir passiert war. Ich wusste nicht, wie ich so starke Schmerzen ertragen sollte.

Die Beerdigung meiner Mutter, die des Brautpaares von 20 Tagen, Rodi und Perwin, meiner Schwester Gulistan, mit der ich untrennbar, 24 Stunden am Tag, immer zusammen gewesen war, und der meines Bruders Ahmed, Vater von sechs Kindern, von denen ein Sohn ebenfalls zu Grabe getragen wurde und seiner Ehefrau, meine Schwägerin, die meine Mutter und ich früher so oft besucht hatten, sowie des Onkels und zwei Cousins, fand zur selben Zeit, für alle gleichzeitig statt.

Die Ereignisse dieser Tage waren so schwer, als würde man einen Berg von unten heben und auf die Brust eines Kindes legen. Wie könnte das Atmen dieses Kindes unter dem Gewicht dieses Berges noch andauern? Mein Zustand nach den unvorstellbaren Morden dieses Tages war wie der Zustand dieses Kindes. Sie hatten meine Sinne getrübt und mich stumm gemacht. Außer meinem Bruder Adnan, der an diesem Tag nicht zu Hause war, meinen älteren, mit ihren Familien in anderen, nicht betroffenen Stadtbezirken Kobanes lebenden Geschwistern Muhammad, Sultan, Assad und Mahmud, mir und meiner Schwester Berivan wurde die Familie fast vollständig massakriert. Da waren auch noch die überlebenden Kinder Ahmeds, die mein Bruder Mahmud später zu sich nahm, damit sie nicht ohne Familie aufwachsen mussten. Plötzlich hatte sich mein Leben völlig verändert. Ich stand nicht nur ohne Vater und

Mutter, sondern auch fast ohne die mich täglich umgebenden Geschwister im Leben. Mit der Zeit würde ich vielleicht mit den Schmerzen, die ein Teil meines Körpers geworden waren, leben können. Aber ich fühlte, dass der Faden zwischen mir und dem Leben verloren gegangen war.

Walnussbaum

Ich konnte nicht glauben, dass eine Stadt so viele Wunden in ihrem Körper tragen konnte, so viel Schmerz in ihrer Seele. Die Mörder erlaubten den Menschen nicht, alt zu werden. Wo normalerweise hauptsächlich die Alten zum Friedhof getragen wurden, waren es in Kobane reihenweise junge Menschen, die den Ort der letzten Ruhe größer und größer machten, ihn regelrecht anschwellen ließen. Es gab wohl keinen einzigen Friedhof auf der ganzen Welt, der in so kurzer Zeit so Viele aufnehmen musste. In diesen schwierigen Momenten wollte ich kein Walnussbaum sein, sondern ein Mensch, um den Sarg der Person zu tragen, die ich auf der Welt am meisten geliebt hatte.

Ich wollte eine Seite von Perwins Leichensarg auf meine Schulter legen, um allein durch ihre Nähe nur ein bisschen von ihrer Freundlichkeit zu fühlen. Es war sehr schwierig für mich, zu akzeptieren, dass ich der zarten Perwin, die sich ihr ganzes Leben lang um mich gekümmert hatte, weder im Leben noch in ihrem Tod helfen konnte. Ich konnte die Mörder in dieser Morgendämmerung nicht aufhalten, weder ihre blutigen Hände brechen, noch die Ermordung der Zwanzig-Tage-Ehefrau verhindern. Ich konnte weder ihre Wunden noch die des jungen Ehemanns behandeln. Jetzt konnte ich nicht einmal ihren Sarg ein paar Schritte weit tragen. Von dem Tag an, an dem Perwin das Haus verlassen hatte, in dessen Hof ich wohne, trat Stille und Kälte in das Haus ein. Weder ihre Eltern noch ihre Geschwister konnten so eng mit mir befreundet sein wie sie. Meine Augen suchten immer nach ihr. Seit dem ersten Besuch zu Hause nach ihrer Hochzeit musste ich mich daran gewöhnen, dass ich sie wahrscheinlich nie wiedersehen würde.

Einerseits war ich glücklich, als ich sah, dass sie mit ihrer Ehe mit Rodi zufrieden war und über ihre Pläne und Projekte für die Zukunft sprach. Andererseits war ich traurig, dass sie sich für immer von mir fernhalten und mit ihrem neuen Leben beschäftigt sein würde. Aber es gab nichts Normales in diesem Land, keine Pläne gingen voran, ohne dass sie gestört wurden. Jeden Morgen ereignete sich etwas Unvorhergesehenes, das alle bestehenden Pläne durcheinanderbrachte, sodass die Leute neue Pläne machen mussten, nicht wissend, ob sie damit ans Ziel kommen würden. So gingen wir in diesem blutigen Kreis hin und her. Nicht alle Menschen dieser Stadt kehrten in ihre Häuser zurück.

Einige Mütter und Väter kehrten allein zurück,

einige Onkel und Tanten allein, und einige Neffen und Nichten waren nach ihrer Heimkehr allein. Andere waren im Ausland und verteilten sich auf die Türkei, den Libanon, Südkurdistan, Amerika und alle europäischen Länder. Hunderte von Mördern aus Europa und der Türkei waren nach Kobane gekommen, und Tausende waren nach Europa und in die Türkei gegangen.

Obwohl mich meine Verletzungen daran hinderten, alles zu verfolgen, konnte ich mich dennoch über den Zustand der Stadt informieren. Alles geschah plötzlich. Nach der Hochzeit von Perwin und Rodi war die Beziehung zwischen den beiden Familien stärker geworden. Plötzlich wurden sowohl die Braut als auch der Bräutigam getötet und alles, sogar mein Leben, endete, während überall Leichen geborgen wurden. Auch wenn diese Angreifer am nächsten und übernächsten Tag einer nach dem anderen mitten in der Stadt getötet wurden, war es immer noch nicht genug. Es würde erst aufhören, wenn diese langen Bärte, die sich als Stellvertreter Gottes auf Erden sahen, mitsamt ihrer Wurzeln aus dem Boden gerissen werden würden, sodass nichts von ihnen auf dieser Erde zurückbleiben würde.

Vielleicht hat noch nie jemand die Tränen der Bäume gesehen, aber an diesem Tag, als die Leichen dieser jungen Leute aufgereiht und zum Friedhof gebracht wurden, stieg mir ein tiefer und brennender Schrei meinen Stamm empor und ich weinte. Ich weinte taub und stumm über den Mangel an Gerechtigkeit auf dieser Erde, über die Tötung junger Männer und Frauen. Ich weinte über die Leben, die plötzlich ausgelöscht wurden und verdorrten wie die Zweige eines sterbenden Baumes. Ich glaube, dass viele Menschen an diesem Tag meine Tränen sahen und nicht überrascht waren, weil die Dinge, die in diesem Land passierten, die Steine zum Weinen brachten. Nun, ich, der Nussbaum, der glücklich war über das Glück der Menschen um mich herum und traurig über ihre Traurigkeit, der stumme Beobachter seit mehreren Generationen, weinte wegen dieses Lebens, das mit Schwierigkeiten und Stummheit verflossen ist.

Diese neue Generation litt und zahlte mehr als alle anderen Generationen, aber sie hatte auch mehr Glück als alle anderen. Sie wurden zu Helden des Wandels und konnten ihr Schicksal selbst in die Hand nehmen. Sie blieben nicht länger Opfer ihrer Feinde. Daran glaube ich nun fest, seit Perwin das letzte Mal zu mir gekommen war, bevor sie ihre Augen vor dem Licht des Lebens für immer verschlossen hatte. Sie hatte mich um etwas gebeten, was mich überrascht und schockiert hatte.

„Ich möchte, dass du mir einen Zweig gibst."

„Was willst du mit meinem Zweig tun?"

„Ich werde ihn pflanzen. Deine Nachkommen sollen in diesem Land für immer grün bleiben."

Ich verstand, was sie wollte. Sie wusste, dass meine Blätter gelb wurden und ich am Verwelken und Sterben war. Sie wollte, dass ein anderer Baum wie ich aus einem meiner Zweige wachsen sollte. Als sie sah, wie die Traurigkeit ihre Schatten auf meine Blätter und Äste warf, fühlte sie selbst, dass sie sich auf meinen Tod vorbereitete. Um dies zu verbergen, setzte sie ihre Rede fort.

„Wir werden Bäume entsprechend der Zahl der Märtyrer pflanzen."

Sie glaubte, dass ich vor ihr sterben würde, also pflanzte sie meinen Zweig in die Erde ihres Hauses und bewässerte ihn regelmäßig, damit er sprießen und wachsen konnte. Aber sie und ihr Geliebter Rodi starben vor mir und hinterließen Dutzende von Bäumen und Setzlingen, aber auch Erinnerungen, die darauf warten, gepflanzt und bewässert zu werden.

Solange ich auf der Welt bin, werde ich mich an sie erinnern und sie lieben. Aber hier sterbe auch ich. In diesen letzten Momenten erinnere ich mich herzlich an sie und verabschiede mich mit ruhigem Herzen vom Leben. Ich weiß, dass diese jungen Leute Dutzende von Baumsetzlingen gepflanzt haben, einschließlich meines Zweigs, den Perwin genommen hat, also wird die Zukunft viel besser sein als unsere traurige Gegenwart.

Als der Walnussbaum langsam starb, wäre eigentlich

Rodi an der Reihe, zu sprechen. Es wäre seine Zeit für eine Erklärung gewesen, doch er hatte sich noch vor dem Walnussbaum von den Lebenden verabschiedet. Daher war es nun an Regisseur Hadi, die Gründe für den Bruch in der Erzählstruktur zu klären. Anstelle von Rodi sprach also Hadi: „Wie Sie, verehrte Leser, mitverfolgt haben, hat der „Islamische Staat" unseren Haupterzähler, den jungen Bräutigam, getötet. Er wurde selbst ein Teil der Geschichte, statt seine persönliche Geschichte zu Ende erzählen zu können. Aber unsere Geschichten sind wie Flüsse, sie fließen für immer und ewig. Auch wenn das Wasser in den Flüssen austrocknet, werden die Geschichten, die Erinnerungen an das Geschehene, nicht austrocknen. Töte einen Erzähler und ein anderer wird seinen Platz einnehmen und die Geschichte wird endlos weitererzählt."

Cihan

Manchmal sage ich, dass es einen einzigen Grund gibt, warum sie alle so grausam sterben mussten und nur ihr Schweigen bleibt, ich aber überlebt habe. Der Grund ist, dass ich ihre Geschichte erzählen soll. Diese unsere Welt ist nicht mehr dieselbe wie zuvor. Die Bilder der Grausamkeiten und Brutalität, die uns widerfahren ist, gingen um die Welt. Aber trotzdem wurde bis auf das kurzfristige Eingreifen der Internationalen Koalition aus der Luft nichts getan, um uns zu helfen. Vor allem nicht von politischer Seite einiger Länder, die in weiten Teilen Angst hatten, sich klar zu positionieren, um ihre guten Beziehungen zu anderen Ländern nicht zu gefährden oder einfach nur mit Diskussionen beschäftigt waren, anstatt zu handeln. Diese Morde, das Töten von Eltern, Kindern und alten Menschen wurde vor den Augen der Welt wie gewöhnliche Ereignisse abgewickelt, und am nächsten Tag war alles vergessen. Am Ende waren wir, meine Familie und mein Volk, diejenigen, die den Preis für die Gleichgültigkeit und das Schweigen der Welt bezahlt haben, und wir sind die einzigen, die nichts vergessen und für immer mit unseren Toten und ihren

Erinnerungen leben müssen: Trotzdem müssen wir ihren Träumen und Wünschen treu bleiben.

Daher war mein erstes Ziel, für das ich arbeiten musste, den Traum von Rodi und Perwin zu erfüllen, nämlich eine Bibliothek zu bauen.

Es war eine sehr interessante Sache. Nach ihrem Tod schweiften die Träume der beiden mehr denn je umher, ihr Geruch, ihre Farbe und ihr Klang waren überall im Haus zu hören, zu sehen und zu fühlen. Alle Bücher, die sie für ihre Hausbibliothek gesammelt hatten, waren noch da. Zumindest diese Arbeit, das alles zu zerstören, hatten die Kugeln der Mörder nicht ausführen und vollenden können.

Das Erfüllen dieser zurückgelassenen Wünsche und Träume oblag nun denjenigen von uns, die zufällig aus dem schwarzen Kreis des Todes entkommen sind.

Je mehr Zeit nach dieser entsetzlichen Nacht verging, desto deutlicher wurde der gesamte Überfall. Die Vorbereitungen der Langbärtigen für den Angriff auf Kobane hatten drei Wochen zuvor begonnen, als sie alle Kurden in Raqqa, der Hauptstadt des Kalifats, aufgefordert hatten, die Stadt innerhalb von vierundzwanzig Stunden zu verlassen, sonst würden sie alle töten.

Nach diesem Befehl hatten sich viele Unterstützer des Kalifats unter die Fliehenden aus Raqqa gemischt und konnten so unbemerkt in Kobane eindringen.

Eine große Zahl von ihnen war dann zu den Mördern dieser unglücklichen Nacht geworden.

Ich weiß nicht, warum mich das Bild meines Vaters, seines Geistes, nicht verlassen hatte. Er sprach nicht mehr so deutlich zu mir wie zuvor, aber er teilte mir dennoch diese detaillierten Informationen mit. Dies geschah wahrscheinlich, weil wir, als mein Vater noch gelebt hatte, immer auf detaillierte Informationen von ihm gewartet hatten, wann immer etwas passiert war. Jetzt war es genauso. Meine Seele schmerzte, als wäre mein Kopf in einem dunklen Labyrinth. In diesen frühen Momenten, als Schüsse zu hören waren und alle sagten, dass die Stadt Sirrin möglicherweise den fanatischen Feinden entrissen werden konnte, wollte ich, dass mein Vater vom Friedhof kommen solle, um uns die richtigen Informationen zu bringen.

Wir fanden kürzlich heraus, dass sie die Kleidung kurdischer Kämpfer getragen und von vielen Seiten angegriffen hatten. Sie waren mit einem Dutzend Autos aus Sirrin gekommen. Acht von ihnen fuhren in die Stadt Kobane und vier von ihnen in das Dorf Berchbatan, das siebenundzwanzig Kilometer von der Stadt entfernt war. Es war vier Uhr morgens, als sie das Dorf gestürmt hatten. Einige schliefen, andere waren zum Fasten und Beten wach, achtundzwanzig Menschen aus dem Dorf wurden getötet. Da Kobane direkt an der türkischen Grenze lag, war es den Terroristen ein Leichtes, sich direkt nach

Grenzübertritt in die nahegelegenen Dörfer rund um Kobane zu verteilen und mit ihrem mörderischen Plan zu beginnen, ohne großes Aufsehen zu erregen, um sich dann auf die Stadt selbst zu konzentrieren.

Diejenigen, die in der Stadt eingefallen waren, befanden sich auf der Westseite und vor dem Gymnasium. Gleichzeitig überquerte eine große Gruppe von der Stadt Riha aus die türkische Grenze und begann, Zivilisten zu töten.

Morgens um halb sechs hatten sie ein Auto vor dem Tor Murshidpinar gesprengt und sich in den Kleidern kurdischer Kämpfer auf dem Stadtplatz von Kobane, in der Jugendschule, rund um das Seyran-Restaurant und die Mustafa-Darwisch-Tankstelle verteilt. In ähnlicher Weise breiteten sich die bewaffneten Männer vom Osten von Meshtanur bis zur Siyamend-Halle, bis zur Straße 48 und von dort bis zur Qarehilinc-Kreuzung aus, hatten sich mit Sprengkörpern bedeckt, und erschossen jeden, dem sie begegnen.

Für sie gab es keinen Unterschied zwischen Jung und Alt, Männern und Frauen. Alle, die ihnen begegneten, waren das Ziel der Kugeln der Mörder. Sie hörten aber auf den Straßen nicht auf und gingen zu den Häusern, wo sie die Menschen angriffen, egal, ob sie wach waren oder schliefen und töteten jeden, den sie sahen. Sie kamen nur zu einem Zweck: Leben zu vernichten.

Jeder Ort, den sie berührten, war mit Blut bedeckt und in Totenstille gehüllt. An diesem neuen Tag in den Tagen des Ramadan töteten Menschen, die sich als Repräsentanten und Soldaten Gottes sahen, im Namen Gottes jeden Menschen, den sie zu Gesicht bekamen. In dieser Nacht töteten sie etwa dreihundert Menschen und verwundeten ebenso viele. Unter ihnen waren siebenunddreißig Kinder und siebenundsiebzig Frauen. Sie hinterließen mehr als neunzig Waisenkinder.

Abgesehen von unserer Familie hieß es, dass in dieser Nacht 18 Familien Ziel der Vernichtung geworden waren. Wenn ich über die Ereignisse jener Nacht spreche, wird mir schwindelig und die Welt dreht sich um mich herum. Gleiches passiert auch, sobald ich diese Ecke der Angst betrete, in der ich mich versteckt hatte, um dem Angriff zu entgehen. Es ist wahr, dass mich diese Ecke vor dem Tod bewahrt hat, aber gleichzeitig wurden Tausende von Menschen in mir getötet. Manchmal kommt es mir so vor, als hätte die Nacht nicht nur ein paar Stunden, sondern Jahre gedauert. Dies kommt vielleicht auch davon, weil ich tagelang ohne Unterbrechung über die Ereignisse dieser Nacht sprechen kann. Ich werde diese Nacht nie vergessen, solange ich lebe.

Nachdem Cihan ihre Worte über diese blutige Nacht beendet hatte, öffneten sowohl Hadi als auch

Burhan die Türen ihrer Grabkammern und gingen hinaus in das Mondlicht einer ruhigen und friedlichen Nacht. Es waren keine Schüsse zu hören und keine Schreie der Verwundeten oder der unschuldigen Toten. Einige Tote waren versammelt und redeten mit den Lebenden über ihre Erinnerungen. Jede Nacht kämpften sie gegen das Vergessen an und wegen des Verlusts ihres Lebens und des Fehlens neuer Ereignisse waren sie gezwungen, sich gegenseitig ihre alten Geschichten zu erzählen. Auch das Gespräch zwischen Hadi und Burhan drehte sich darum. Sie hatten vereinbart, dass die Toten, die Opfer dieser Nacht, die sie Unglücksnacht nannten, über ihre Erlebnisse sprechen sollten, nun, da sich diese Perspektive beiden unfreiwillig eröffnet hatte. Damit konnten sie direkt hier auf dem Friedhof beginnen.

Der ihnen am nächsten Stehende war ein fremder Mann mittleren Alters, der an der Tür seines Grabes saß, den Rauch einer Zigarette tief einatmete und sich mit Träumen beschäftigte. Hadi bat ihn, von seinem Aufenthalt auf dem Friedhof zu erzählen und was ihm passiert war, bevor er so früh starb. Der Mann sprach über sich selbst, als würde er die Geschichte eines anderen erzählen.

„Es war Fastenzeit, mein Haus war mitten im Dorf, mein Bruder hatte mich zum Essen eingeladen, um das Fasten zu brechen. Ich ging als Gast in das Haus meines Bruders. Normalerweise verlasse ich das Haus nicht ohne Waffe. An diesem Abend, nachdem wir zu Abend gegessen und die ganze Nacht geredet hatten, bereitete mir die Frau meines Bruders auf dem Dach des Hauses einen Platz zum Schlafen. Ich ging nach oben, legte meine Waffe unter mein Kopfkissen und fiel in einen tiefen Schlaf. Mein Bruder, seine Frau und ihre drei Kinder schliefen unten im Hof. Es war zwischen drei und vier Uhr morgens, als ich von einem Krach erwachte. Ich nahm an, dass vielleicht mein Bruder und seine Frau hektisch und eilig aufstanden, weil sie glaubten, verschlafen zu haben und nun zu spät waren, um vor Sonnenaufgang noch etwas zu essen, da mit Tagesanbruch das Fasten beginnen würde. Aber es war ein Durcheinander von Killern und Monstern, die wie Menschen aussahen. Ich nahm meine Waffe und ging hinunter. Mein Bruder, seine Frau und alle drei Kinder lagen enthauptet auf dem Boden. Es waren zwei bewaffnete Männer. Ich wusste nicht, ob es ein Albtraum oder Realität war. Es blieb keine Zeit für etwas anderes, als die Waffe einzusetzen. Ich habe beide Mörder erschossen. Ich habe fast den Verstand verloren. Ich sah auf die Leichen meines Bruders, seiner Frau und seiner Kinder und auf die beiden Mörder, denen ich direkt in den Kopf geschossen hatte, was sie plötzlich verstummen ließ. Aber draußen gab es ein Geräusch und ich musste in Erfahrung bringen, was los war. Am Eingang des Hofes rief mich jemand, der als kurdischer Kämpfer verkleidet war, auf Kurdisch an: „Komm Freund."

Als ich auf ihn zuging, war ich das Ziel seiner mörderischen Kugeln, die mich am ganzen Körper trafen. Ich fand mich plötzlich auf diesem Friedhof begraben. Wie du sehen kannst, rege ich mich manchmal auf, also öffne ich die Tür des Grabes und gehe hinaus, um zu atmen und mich zu entspannen."

Hadi freute sich über seine Wut, da er dadurch seine Geschichte erzählen wollte. Sie verabschiedeten sich von ihm, und er und Burhan gingen zu einem anderen Grab. Eine Gruppe von Kindern versammelte sich um einen alten Mann. Jedes Kind wollte der Kamera seine Geschichte erzählen, als würde man schon lange auf ein solches Ereignis warten. Alle redeten aufgeregt über die letzten Momente ihres Lebens, Kinder wie auch Erwachsene, in diesen emotionalen Momenten dieser schönen Nacht sprachen die Toten von der Nacht des Todes. Der Tod, der an jeder Tür erschienen war und jedem in jeder Straße sein schwarzes Gesicht gezeigt hatte.

Zweiter Teil

Die Toten sprechen in die Kameras über sich und ihre Lebenden

Fatma Berkel

Unser Dorf liegt sieben Kilometer südlich des Dorfes Berchbatan, dem Dorf, das bewaffnete Banden bereits mit mehreren Autos angegriffen hatten. Eines der Autos hielt vor unserer Tür. Meine achtzehnjährige Tochter, mein Mann und ich schliefen oben auf dem Flachdach des aus Lehmziegel erbauten Hauses, wie es für unsere Gegend typisch ist. Da ich einen leichten Schlaf habe, wurde ich schnell von einem Krach geweckt. Ich wachte mit dem ersten Schuss auf und weckte meine Tochter und meinen Mann. Weil die Tür zum Hof für eine Flucht von einem Auto der Angreifer versperrt war, überlegte ich fieberhaft, wie ich meine Tochter retten könnte. Ihr Vater hatte keine andere Wahl, als sie auf der dem Geschehen abgewandten Seite vom niedrigen Dach springen zu lassen. Das Mädchen fiel zu Boden. Sie landete unglücklich und schrie:

„Meine Hand ist gebrochen!"

Ihre Schreie wurden vom Lärm und den Schüssen der hinterlistigen Attacke übertönt, sodass nur ihr Vater die schmerzerfüllte Stimme seiner Tochter wahrnehmen konnte. Er sprang ebenfalls vom Dach.

Auch wenn er vorsichtiger war, zog er sich durch die Höhe des Sprungs ebenfalls eine Verletzung zu. Trotzdem führte er unsere Tochter weg von der unmittelbaren Gefahr, damit sie sich verstecken konnte. Anschließend kehrte er zum Haus zurück und rief mir von unten zu, ebenfalls vom Flachdach zu springen, um auch mich wegzubringen. Aber die Kugeln der Mörder, die wie tollwütige Wölfe in das Dorf eingedrungen waren und nun Haus für Haus überfielen, waren schneller als er. Als ich über das Dach auf die der Straße abgewandte Seite eilen wollte, streifte eine Kugel meinen Kopf, und ich sackte vor Überraschung und Schmerz zusammen. Die Verwundung nahm mir auch die Fähigkeit, mich kontrolliert zu bewegen, geschweige denn mich aufzurichten. Panisch rief ich meinem Mann zu, mich zurückzulassen und sich mit unserer Tochter zu verstecken. Unsere Schreie und Rufe machten nun auch die IS-Soldaten darauf aufmerksam, dass sich hinter dem Haus noch jemand befinden musste. Sobald die Schritte der Angreifer näherkamen, da sie das Haus von außen umrundeten, folgte er meinen Worten, machte eilig kehrt und floh. Trotz seiner Verletzungen konnte er sich und unsere Tochter vor dem Tod retten. Ich konnte die beiden Fliehenden sogar noch sehen, als die Langbärtigen zu mir aufs Dach eilten. Zwei starrten abwertend und hasserfüllt auf mich herab und feuerten sieben weitere Schüsse auf meinen ohnehin schon verletzten Kopf ab, während sie „Allahu akbar“ riefen. Ich wusste in diesem Moment nicht, ob der große Gott, den sie bei seinem Namen riefen, wirklich auf sie oder auf mich - die Mutter, die ihre Familie verlassen musste - gehört hatte.

Ich war nicht die einzige Frau, die in dieser Nacht getötet wurde. Außer mir gab es sechsundsiebzig andere Frauen. Drei von ihnen waren schwanger. Sogar die Kinder, die die Welt noch nicht erblickt hatten, verloren ihr Leben.

Osman Kasim

Ich war Vater von acht Kindern. Es gab keine andere Möglichkeit für mich, die Feinde zu bekämpfen und dabei meine Kinder und mein Zuhause zu schützen, außer mit meiner Waffe, die ich für den äußersten Notfall aufbewahrt hatte. Mit all den Kugeln, die ich hatte, leistete ich mehr als fünfundfünfzig Minuten lang Widerstand und verzögerte ihren Zutritt in unser Haus.

Ich sah die Kugel nicht kommen, die durch das geschlossene Fenster ging und mich am Kopf traf. Dieser Schuss brachte mich zum Schweigen und veranlasste mich, die Welt zu verlassen. Ich muss auch sagen, dass die Rettung meiner Kinder nicht nur meinem Widerstand, sondern auch dem Mut meiner Frau zu verdanken war. Bevor die Mörder kamen, stand sie mir zur Seite, weinte nicht, schrie nicht, sondern ging hinein und versteckte die Kinder an einem sicheren Ort.

In jenen Momenten, als die drei Mörder vor meiner Leiche miteinander sprachen, schwiegen die Kinder und ihre Mutter. Einer von ihnen, dessen Brutalität in seinen Augen leuchtete, sagte glücklich:

„Es scheint, dass er allein zu Hause war und wir ihn getötet haben. Lass uns in ein anderes Haus gehen."

Als sie einander wie blutrünstige Bestien folgten und gingen, war ich froh, dass meine Kinder und ihre Mutter dem Tod entkommen waren. Andererseits hatte eine so tiefe und stille Trauer mein totes Herz ergriffen, weil sie mich mit ihren Waffen erschossen hatten und ich sie nicht mit meiner Waffe hatte töten können.

Yasmin Omer

Obwohl ich noch keine zehn Jahre alt war, spürte ich ihre Ankunft vor allen anderen. Sie drangen am Ende der Nacht wie maskierte Diebe in unsere Häuser ein und haben begonnen, uns zu töten. Wir waren drei Familien. Unsere drei Häuser lagen alle nebeneinander und wir schliefen in unseren Betten. Zuerst töteten sie meine behinderte Tante Fatma auf ihrem Bett. Dann töteten sie meinen Vater, den Vater von elf Kindern. Sie ermordeten meine Mutter. Auch der zehnjährige Osman wurde getötet. Mein Bruder Mustafa und ich hatten solche Angst, dass wir zum Bett unserer Mutter und unseres Vaters gingen, weil wir uns in die Sicherheit ihrer Arme retten wollten. Dort wurden wir dann erschossen. Auf dem anderen Bett schliefen die Frau meines Bruders und ihre Tochter Zozan. Als ihre Mutter vor ihren Augen getötet wurde, versteckte sich Zozan unter der Decke und schwieg.

Sechs Kugeln trafen Zozan, trotzdem schwebte sie einige Zeit zwischen Leben und Tod, bis auch sie starb. Mein Bruder Mustafa hat mir später auf dem Friedhof erzählt, dass die Angreifer zum Haus der schwangeren Firyal gingen, nachdem sie uns alle getötet hatten. Dort töteten sie die Schwangere und ihren Mann Mahmoud in ihrem Bett im Hof, wo beide friedlich schliefen. Damit beendeten sie auch das Leben des ungeborenen Kindes.

Bosan Mustafa

Außer mir sind heute Nacht noch viele andere Leute von den Sicherheitskräften unter den Toten. Als wir sahen, dass die Banden angriffen, wollten wir sie blockieren und daran hindern, die Stadt zu betreten. Aber sie erreichten die Stadt vor uns und richteten Fallen für uns ein. Nichts ist verheerender, als wenn die Beschützer des Volkes selbst getötet werden. Jeder von uns wurde zweimal getötet. Einmal, als sie uns selbst töteten, und ein weiteres Mal, als es ihnen ein Leichtes war, unsere Leute zu töten, für deren Schutz wir verantwortlich waren.

Sirwan Muchtar

Ich war fast siebzehn Jahre alt. Wir versammelten uns alle an diesem Abend. Als am Morgen die Schüsse fielen, glaubte ich, dass der Tag, auf den ich wartete, gekommen war und die Stadt Sirrin befreit war. Früh am Morgen ging ich zu meinen Freunden, um mich mit ihnen an der Freude über die Freiheit von Sirrin zu beteiligen. Ich war in der Straße 48, stand den Mördern frontal gegenüber. Sie begrüßten mich mit elf Schüssen und Rufen Allahs.

Scheich Mehran

Als vor über einem halben Jahr der Krieg in der Stadt heftig gewesen war, weil die Volksverteidigungseinheiten YPG und Frauenverteidigungseinheiten YPJ zusammen mit der Internationalen Koalition gegen den IS Kobane nicht in den Händen des „Islamischen Staates" lassen konnten und wollten, war es eng für uns Bewohner geworden. Die Verteidigungskräfte hatten die Menschen aufgefordert, die Stadt zu verlassen. Alle meine alten Freunde flohen über die Grenze in die Türkei. Ich aber bekam eine Kalaschnikow von den Kämpfern und blieb.

Mit dem tödlichen Feuerregen, der aus den amerikanischen Flugzeugen auf die Köpfe dieser Banden regnete, schlug mein Herz vor Freude und mein Glaube, dass wir eines Tages die mörderischen Fanatiker besiegen, wurde stärker. Aber nachdem ich an meinem Bein verletzt worden war, sah ich, dass ich für diese jungen Kämpfer zur Last wurde und nicht kämpfen konnte, also ging ich über die Grenze.

Ich ließ mich mit einigen meiner Leute in Mersin nieder. Ich kehrte kurz nach der Befreiung von Kobane zurück. Die meisten von uns waren ältere Menschen. Wir wussten, dass unsere Häuser alle zerstört, die Mauern eingestürzt waren und kein Stein auf dem anderen geblieben war. Aber wir kehrten mit der Absicht zurück, alles wieder aufzubauen.

Wir taten, was wir tun konnten. Bis diese schreckliche Nacht kam. Ein paar langbärtige Mörder gingen direkt zu unserem Haus. Sie wollten dieses Gebäude erobern, um sich auf dem Dach des Hauses als Scharfschützen zu positionieren. Mein Nachbar Bozan blieb ruhig und wollte beschwichtigend mit ihnen reden. Er sagte: „Wir sind Muslime wie Sie. Das Haus überlassen wir Ihnen, aber warum wollen Sie uns töten?"

Einer von ihnen antwortete ironisch und hielt ihm seine Waffe ins Gesicht: „Kurden und Muslime? Aber es ist gut, die Angst vor dem Tod durch die Kalifatssoldaten erinnert die Ungläubigen daran, dass sie Muslime sind. Nein, nein, ich gebe dir nicht die Chance, uns zu täuschen."

Als ihre Kugeln von allen Seiten auf Bozans Körper niederprasselten, wollte ich nach meiner Waffe greifen, aber die alte Wunde in meinem Bein ließ mich zu spät kommen. Die Killerkugeln waren schneller als ich. Sie erlaubten mir nicht, mich an ihnen für Bozan zu rächen. Der Tod wurde in dieser Nacht ihr Verbündeter, also machten sie keinen Unterschied zwischen alten Leuten, Kindern, Frauen, Männern. Alle wurden erschossen.

Was mich am meisten verstörte und was ich nicht verstehen konnte, war, warum Gott im Himmel eine solche Situation akzeptierte und schwieg. Dutzende von bewaffneten Killern drangen in die Zivilbevölkerung ein und töteten einen unschuldigen Menschen nach dem anderen, während diese schliefen. Sie nahmen ihnen das Leben mit Leichtigkeit und machten sie zum Ziel von Todeskugeln. Selbst jetzt hat mein Gehirn die Ereignisse dieser Nacht nicht akzeptiert. Hier, nach dem Tod, jedes Mal, wenn ich mich erinnere, sterbe ich vor Trauer erneut und frage: „O Gott, warum lässt du so eine unkontrollierbare Grausamkeit unter Menschen zu?"

Ich kann keine Antwort finden, die mein Herz auf diese schmerzhafte Frage tröstet.

Der fünfjährige Muhammad

Das Dorf, in dem sie mich in mein Grab gelegt haben, heißt Tilsofi. Hier wurde ich auch geboren, aber mein kurzes Leben habe ich in Kobane verbracht. Ich habe noch zwei ältere Schwestern, aber ich war der Einzige, der mit meinem Vater, den alle Süleyman Dahir nannten, überall hingehen durfte. Er erzählte seinen Freunden immer, dass er sehr stolz auf mich ist. Das muss etwas Besonderes sein, denn die Freunde meines Vaters freuten sich immer, wenn ich da war und sie waren sehr freundlich zu mir. Es fühlte sich schön an, wenn Vater stolz auf mich war.

Wenn es draußen warm war, schliefen wir immer auf dem Dach unseres Hauses. Das mochte ich immer sehr. Aber in dieser einen Nacht wurde ich von einem schrecklich lauten Knall geweckt. Es war nicht nur so laut, dass es schmerzte, auch das ganze Dach zitterte. Ich hatte große Angst und hielt mich panisch an meiner Mutter fest. Aber ich konnte fühlen, dass auch sie sehr erschrocken war.

„Eine Explosion“, hörte ich meinen Vater sagen, dann scheuchte er uns schnell vom Dach. Seine Stimme war so ernst und streng, dass ich auch davon Angst bekam. Mein Vater hat noch nie so gesprochen! Sofort packte mich meine Mutter und trug mich nach unten ins Haus. Meine beiden Schwestern gingen schnell ebenso ängstlich hinter uns her. Gleichzeitig rannte mein Vater herum und verschloss alle Türen. Er sagte zu meiner Mutter: „Etwas Seltsames ist in dieser Morgendämmerung passiert. Irgendetwas stimmt nicht, aber ich weiß nicht, was es ist."

Ich verstand nicht, was mein Vater meinte, aber ich fühlte, dass es nicht war wie vor einiger Zeit. Ich habe schon einmal so einen ähnlichen Lärm gehört. Nicht so laut, aber es waren Schüsse und lautes Knallen. Als ich meinen Vater erschrocken gefragt hatte, warum es da draußen so laut ist, erklärte er mir, dass ein Fest gefeiert wird, weil viele böse Männer in unserer Stadt Kobane gewesen sind und viele tapfere Menschen haben diese bösen Männer aus der Stadt gejagt. Die Leute freuen sich so sehr, dass sie etwas Schönes feiern können, dass sie richtig Krach machen. Deswegen ist es bei Festen so laut. Das hat mir mein Vater so erklärt und wenn Vater das sagt, dann stimmt das auch. Aber damals war mein Vater fröhlich und ganz ruhig. In dieser schlimmen Nacht hatte er keine gute Laune und er war auch nicht ruhig. Das machte mir noch mehr Angst.

Plötzlich hörten wir ein lautes Quietschen vor der Tür. Ich glaube, das war ein Auto. Dieses Geräusch kenne ich. Trotzdem habe ich mich schon wieder erschreckt.

Mein Vater aber war sehr mutig. Er wollte wieder die Treppen nach oben auf das Dach gehen, aber meine Mutter bettelte, dass er bei uns bleiben soll. Ich wollte auch nicht, dass Vater weggeht. Aber ich verstand, dass er neugierig war. Ich wollte auch wissen, was da draußen passierte und wollte, dass mich Vater mitnimmt, aber ich wollte auch bei Mama bleiben. Und bei meinen Schwestern, die sich auch an meine Mutter drückten.

Vater war so tapfer. Er ging trotzdem, obwohl meine Mutter immer wieder sagte, er soll bei uns bleiben. Da wurde ich auch mutiger. Ich wollte doch werden wie mein Vater!

Ich wand mich aus den Armen meiner Mutter, die mich überrascht ansah. Das war gar nicht so einfach, denn sie hielt meine Schwestern und mich gut fest. Dann eilte ich leise zu dem kleinen Fenster direkt unter dem Dach, von dem aus man auf die Straße sehen konnte. Leise hörte ich die Stimme meines Vaters, der schon auf dem Dach war.

„Hey Leute, was ist los?"

Seine Stimme klang gar nicht ängstlich. Er sprach, wie er sonst mit seinen Freunden sprach. Also konnte auch ich tapfer sein. Ich schob langsam das kleine Fenster auf, um hinauszuschauen. Ich sah einige Männer, die Uniformen der kurdischen Kämpfer trugen. Die kannte ich auch schon. Mein Vater hatte mir erklärt, dass sie Freunde sind, dass sie die bösen

Männer aus Kobane vertrieben haben. Freunde…!

Plötzlich hörte ich Schüsse. Mein Vater schrie auf. Dann entdeckten sie mich im Fenster. Einer sah mich direkt an, dann richtete er eine Waffe auf mich. Und dann tat es so unglaublich weh. Meine Mutter und meine Schwestern kamen zu mir. Sie weinten, hielten mich, drückten mich. Sie versuchten mir zu helfen, aber meine Schmerzen wurden nicht besser. Auch nicht, als mein Vater, der nur verletzt worden war, zu mir kam und mit mir sprach. Ich konnte ihm nicht antworten. Es war, als hätte ich alle Worte vergessen, die ich gelernt habe. Ich weinte, daran erinnere ich mich noch. Und ich erinnere mich, dass ich keine Kraft mehr hatte. Am liebsten hätte ich geschlafen, aber es tat zu sehr weh. Es schmerzte so sehr, bis alles ganz schwarz wurde. Jetzt bin ich hier, auf dem Friedhof in Tilsofi. In einem kleinen Kindergrab. Und ganz allein.

Ich weiß, dass meine Eltern und meine beiden Schwestern noch am Leben sind. Und ich freue mich, dass sie leben können. Aber ich vermisse sie so sehr. Ich möchte mit meinem stolzen Vater seine Freunde besuchen und ich möchte bei meiner Mutter sein, die zu mir immer „Geschenk Gottes" gesagt hat. Ich möchte mit meinen beiden Schwestern spielen und sie ärgern, solange bis sie schreien. Aber alles, was ich noch kann, ist mich zu erinnern: An die Augen voller Tränen und die angstvollen Worte meiner Familie, als sie so lange bei mir waren, bis die Dunkelheit kam. Und ich erinnere mich an das schlimme Gefühl, das meine Eltern hatten, weil sie mir nicht helfen konnten. Aber ich habe hier auf dem Friedhof auch etwas gelernt: Wie schlimm es sich anfühlt, wenn man ganz allein ist.

Shamrin Kobane

Für mich war es eine Nacht wie jede andere. Meine Mutter, mein Vater, mein Bruder, meine zwei Schwestern und ich haben geschlafen. Der einzige Unterschied in dieser Nacht war, dass wir im Schlaf überfallen wurden. Sie töteten meine Eltern und verletzten das Bein meines jüngeren Bruders. Trotz seiner Schmerzen gab er vor, tot zu sein. Ich war die vierte, die sie attackierten. Sie trafen mein Bein und meinen Bauch.

Während wir in unseren Betten lagen, griffen sie uns im Schlaf an, ließen uns in unserem Blut zurück, drehten uns den Rücken zu und gingen los, um andere zu finden und zu töten. Da meine Verletzung schwer war und ich mich nicht bewegen konnte, bat ich meinen jüngeren Bruder, der leicht verletzt war, meine ältere Schwester mit dem Telefon meines Vaters anzurufen, um sie um Hilfe zu bitten.

Meine Schwester schlief in dieser Nacht bei meinem Großvater und kam so schnell sie konnte. Die Mörder waren alle auf der Straße und ihre Stimmen und die Explosionen ihrer Kugeln waren zu hören.

Meine Schwester stellte eine Leiter an die Wand

und erreichte uns durch die Rückseite des Hauses. Die Leichen unserer Eltern und meine schreckliche Verletzung hatten sie zutiefst geschockt. Trotzdem gelang es ihr, die Überlebenden zu retten. Sie brachte meinen Bruder und meine zwei Schwestern in ein Schlafzimmer und ermahnte sie, zu schweigen.

Plötzlich tauchten zwei der Mörder auf. Sie dachten, dass andere von ihnen schon oben im Haus waren.

Als sie das Haus durchsuchten und nichts als unsere Leichen auf dem Boden fanden, kehrten sie auf die Straße zurück. Meine ältere Schwester hatte das Telefon meines Vaters stumm geschaltet. Sie blieben alle lautlos bis zum Morgen in einer geheimen Ecke.

Am schlimmsten in dieser Situation war, dass ich wegen meiner Wunde starke Schmerzen hatte und wie in einem dichten Nebel darauf wartete, zu sterben.

Insgeheim, in dieser von Angst umgebenen Ecke, erlitt meine ältere Schwester mehr Schmerzen als ich und vergoss lautlos Tränen der Verzweiflung und Hilflosigkeit.

Damit die anderen Kinder überleben konnten, kamen sie mir nicht einmal nahe. Ich habe etwa anderthalb Stunden durchgehalten. Danach fiel ich in die Dunkelheit und fand mich hier in diesem Grab wieder. Meine Eltern sind auch in dieser Gegend. Ich sehe sie von Zeit zu Zeit, aber ich vermisse meine anderen Brüder und Schwestern. Ich freue mich, dass sie noch am Leben sind, aber es wäre besser, wenn wir zusammen sein könnten.

Ich durfte nicht lange leben. Ich weiß nicht, was ich getan habe, dass man mich im Schlaf zusammen mit meinen Eltern umgebracht hat.

Ich bin damit beschäftigt, diese Ereignisse zu verstehen, die uns widerfahren sind. Ich habe das Leben nicht verstanden und den Tod erst recht nicht. Leben und Tod sind in meinen Augen bedeutungslose und traurige Spiele.

Sie sind gekommen, um uns Fragen über unser Leben und Sterben zu stellen und ich werde alle Ihre Fragen beantworten und Ihnen erzählen, was passiert ist. Aber sagen Sie mir bitte, warum es passiert ist und was das alles bedeutet? Wenn jemand von Ihnen meine Frage beantworten kann, die mich immer noch beschäftigt, wäre ich dankbar und zufrieden. Nur eine Frage, eine kurze und runde und klare Frage: Warum?

Mezgin Khalil

Ich war einundzwanzig Jahre alt, als sie mein Leben beendeten und entschieden, dass ich für immer einundzwanzig bleiben und nicht älter werden sollte. Diese Morgendämmerung begann mit dem Geräusch einer Explosion. Als wir die Schüsse hörten, schien es uns, als wäre die Stadt Sirrin frei, aber das Herz meines Vaters war immer noch beunruhigt, und seine Gedanken waren darauf gerichtet, uns alle aus diesem Chaos herauszuholen und uns ins Dorf zu bringen, weg von den Schüssen. Meine Mutter konnte uns nicht daran hindern, zu gehen. Ich, meine Schwester Evin, Rima, die Frau meines Bruders und ihre zwei kleinen Kinder sowie meine Eltern gingen zum Auto. Mein Vater fuhr mit einem säuerlichen und angespannten Gesicht los. Rima und ihre Kinder warteten schon eine Weile darauf, dass mein Bruder, der sich in Deutschland aufhielt, sie zu sich holen würde, sobald es eine gesetzliche Möglichkeit dazu gab. Aus diesem Grund war Rima noch wütender als wir anderen. Wir fuhren auf die Straße und in Richtung des Dorfes. Wie von einer Gruppe Wölfe wurden wir plötzlich von IS-Soldaten umzingelt. Als mein Vater laut warnend schrie und versuchte, uns mit dem Auto zurück in die Stadt zu fahren, regnete es Kugeln aus vier verschiedenen Richtungen auf uns. Mein Vater war sofort tot.

Wir rissen die Autotür auf und versuchten zu fliehen. Ich wurde an meiner Hand und meinem Bein verletzt, sodass ich stürzte. Als meine Mutter und Rima versuchten, mich vom Boden hochzuheben und mir zu helfen, waren wir von bewaffneten Schlägern umringt. Meine Schwägerin hielt ihre beiden Kinder im Arm und sagte zu den Angreifern in arabischer Sprache: „Wenn ihr mich tötet, tötet meine Kinder mit mir. Ich will nicht, dass sie am Leben bleiben."

Einer von ihnen, der mit seiner Waffe auf die Kinder gezielt hatte, richtete diese nun auf sie und antwortete: „Eigentlich hätte ich dich und sie zusammen getötet, aber jetzt werde ich deinen Wunsch nicht erfüllen."

Die beiden Kinder wurden ihr aus den Armen genommen und ihrer Großmutter grob in die Arme gedrückt. Sie wiesen meine Mutter an, sie zu nehmen und zu gehen.

Meine Mutter konnte ihren Augen und Ohren nicht glauben, doch dann wandte sie sich um und versuchte, mit großer Wut, Angst und Überraschung, mit den beiden kleinen Kindern auf dem Arm davonzueilen. In diesen Momenten töteten sie mich, Evin und die Frau meines Bruders. Dann verschwanden sie aus dem Blickfeld.

Ich weiß nicht, wann die Lebenden kamen und unsere vier Leichen vom Boden aufhoben und auf diesem Friedhof begruben.

Siebzigjähriger Haci

Ich habe mit ihm gesprochen, bevor er mich tötete. Er wollte mich einfach töten und gehen. Seine Waffe machte mir keine Angst. Ich bat ihn, seine Waffe beiseite zu legen und mich von seinen Taten zu überzeugen. Zuerst war er überrascht und wusste nicht, was ich von ihm wollte. Ich erklärte ihm: „Ich habe keine Angst vor dir oder vor dem Tod, denn der Zeitpunkt meines Todes ist bereits nahe."

Er antwortete mir: „Reden ist sinnlos. Das hier ist das Gesetz unseres „Islamischen Staates" und wird heute umgesetzt. Was bringt es also, zuviel zu reden?"

„Was bringt dir das Töten eines alten Mannes wie mir, der siebzig Jahre alt ist?"

„Es ist ein Befehl von unserem islamischen Staat, also Gottes Befehl. Hast du verstanden?"

„Glaube nicht, dass Gott dir ein Paradies geben wird, weil du mich tötest. Diese Erde, auf der wir leben, gehört uns. Ich habe neunundsiebzig Kinder und Enkelkinder. Neunundsiebzig Pflanzen, die tief in dieser Erde verwurzelt sind. Was willst du erreichen, indem du mich tötest und meine alten, morschen Wurzeln ausreißt?"

Sein Finger am Abzug wartete auf den Befehl zum Schießen, wartete auf den Moment des Todes. Er und ich gerieten beide in Aufregung. Er antwortete mir nicht. Stattdessen hörte er mir zu wie ein Henker, der auf den Befehl wartet, die Hinrichtung durchzuführen.

„Wenn du mich tötest, wird jemand anderes kommen und dich töten. Nichts kann durch Krieg und Töten gelöst werden, Krieg bringt nur Zerstörung, mein Sohn."

Die Anrede „mein Sohn" brachte ihn aus der Ruhe.

„Ich bin nicht dein Sohn und es wäre mir keine Ehre, der Sohn eines Ungläubigen zu sein."

„Ungläubiger? Die Zeit, die ich betend auf dem Teppich verbracht habe, ist länger als all die Jahre deines Lebens. Du bist gekommen, um mich im Namen des Gottes zu töten, zu dem ich so viel und oft gebetet habe."

In der Zwischenzeit kamen seine Freunde an die Tür und baten ihn, schnell mit ihnen zu kommen. Ich weiß nicht, warum er gezögert hat, mich zu töten. Der letzte Satz, den ich von seinem Freund hörte, war: „Du beschäftigst dich seit einer Stunde mit diesem alten Mann."

Mit diesen Worten richtete sein Freund seine Waffe auf meine Brust und schoss auf mich.

Sie sprangen schnell über meinen Körper und gingen zu einem anderen Haus.

Der fast blinde Vater

Manchmal ist es besser, keine Augen zu haben, die jemanden sehen können, den man liebt. Das war auch mein Schicksal. Mein Sohn Ciwan war sehr in seine Freundin Zeyneb verliebt, die an der Universität Englisch studierte. Damit der junge Mann stolz und ohne von jemandem abhängig zu sein aufwachsen und sein Studium abschließen konnte, habe ich alles getan, was ich konnte.

Mein Herz schmerzte, als ich bemerkte, wie Ciwan meine Armut bewusst wurde und dass ich nie in der Lage sein würde, seine Hochzeit zu bezahlen. Er wusste, dass mein liebstes Lied, das ich mit traurigem Herzen hörte, das des blinden Evdal Zeynike war, eines Künstlers, der für seinen Sohn Temo sang und ihm auf diese Weise mitteilte: „Temo, mein Sohn, der Tod ist besser als Armut."

Dieses Lied war ein spirituelles und geheimes Gespräch zwischen mir und meinem geliebten Sohn Ciwan. Er sah mich bildlich in der Rolle von Evdal und sich selbst in der Rolle von Temo. Eines Tages kam er zu mir und setzte sich mir gegenüber. Er bat mich, mir keine Mühe zu machen.

„Vater, du hast bisher dein Bestes gegeben und ich bin dir sehr dankbar. Ich habe mein Studium abgeschlossen, also möchte ich, dass du mir erlaubst, nach Irakisch-Kurdistan zu gehen. Sie sagen, dass es dort Arbeit gibt. Ich werde höchstens ein oder zwei Jahre arbeiten und dann wiederkommen."

Ich fand keine passenden Worte und sagte nur: „Gott beschütze dich, mein Sohn."

Ich wollte nicht, dass er eine solche Entscheidung treffen musste. Aber es gab keine andere Wahl für ihn.

Die Zahl der Menschen, die damals Kobane verließen und mit ihm auswanderten, betrug über einhundertvierzig. Bewaffnete Dschihadisten mit schwarzen Fahnen und langen Bärten überfielen sie auf dem Weg und verhafteten sie alle. Neun Monate lang hatte niemand etwas von ihnen gehört.

Ihre Familien verloren völlig die Hoffnung. Es gab nichts zu tun außer zu weinen, zu trauern und sich der Hilflosigkeit zu ergeben. Nach einiger Zeit kehrten einige von ihnen in ihre Häuser zurück. Noch bevor ich auf Ciwans Rückkehr hoffen konnte, sagte mir mein Herz: „Er wird nicht unter ihnen sein".

Seit dem Tag, an dem die Spur meines Sohnes verschwand, standen vor Wut schwarz gefärbte Tränen in meinen Augen. Evdal sang weiter sein Lied für Temo. Er sang: „Temo Junge, die Blindheit deines Vaters ist keine Blindheit, es ist schwarzes Wasser". Es schien, dass meine Augen Tag für Tag mehr erblindeten. Meine Frau, meine Kinder und meine Verwandten wollten, dass ich zum Arzt gehe und meine Augen behandeln lasse. Meine Antwort darauf war nur ein Satz: „Was soll ich mit diesen schärferen Augen, mit denen ich doch meinen Ciwan nicht sehe?“

Aber sie verstanden nicht, was ich damit meinte, und ich verstand nicht, warum alle dieselbe Frage stellten. Sie wussten nicht, dass ich das Innere meiner geschwollenen Augen immer mit Tränen auswasche und sie geheilt sein werden, wenn Ciwan zu mir zurückkehrt.

Als alle Leute Kobane auf Wunsch unserer Widerstandskämpfer verließen, wollte ich nicht gehen. Nur in diesen Momenten wollte ich, dass meine Augen gesund wären, damit ich mich an den Mördern rächen könnte, die vor unserer Tür standen. Ich sagte den Kämpfern, dass ich noch ein Auge hätte und immer noch fähig wäre, zu kämpfen, aber sie waren nicht meiner Meinung. Mein Abschied von Kobane war ein Abschied von der unsichtbaren Präsenz meines Ciwan, die ich noch in allen Räumen spürte.

Ich glaubte, dass Ciwan, der Bräutigam, dessen Braut auf ihn wartete, eines Tages zurückkommen würde. Deshalb kehrte ich an dem Tag, an dem Kobane befreit wurde, zurück. Anstatt dass Ciwan in dieser traurigen Nacht zum Haus seines Vaters zurückkehrte, kamen die Mörder und töteten seinen fast blinden Vater.

Die Soldaten des „Islamischen Staates“, des Tötungsstaates, der die Liebe des jungen Mannes tötete und begrub, kamen und töteten seine Mutter, seinen Vater, seine Schwester, seinen Bruder, seine Tante, seinen Onkel, seinen Cousin, seine Nichte und seinen Neffen. Sie zerstörten alles, was ihnen in den Weg kam und nach Leben roch.

Dritter Teil

Die Besitzer der Kameras sprechen über sich selbst und über die Toten und die Lebenden

Es war spät in der Nacht. Auf dem Friedhof von Kobane war alles ruhig. Hadi Kino öffnete die Tür seiner Grabkammer und stellte seine Kamera vor sich ab. Während er seine Kamera hochhob und vor sich hielt, dachte er über die Gespräche der Toten und der Lebenden nach, wie man sie am besten in der geplanten Montage miteinander verbinden könnte und welche Szene man in welcher Reihenfolge darstellen könnte. In diesem Moment kam Burhan.

„Du bist pünktlich."

„Ja, ich weiß, dass du ja unbedingt über die Montage sprechen möchtest."

„Natürlich möchte ich das."

In einem langen und ausführlichen Gespräch zwischen den beiden erzählte Hadi von den Interviews und älteren Aufnahmen auf seiner Kamera. Er wollte Burhan davon überzeugen, die Texte für seinen Dokumentarfilm drei Teilen zuzuordnen. Die Reden der Lebenden, der Toten und einige der alten

Aufnahmen, die sie als erzählende und moderierende Teile zwischen oder im Anschluss an die Interviews einbauen wollten. Burhan sollte ein passendes Drehbuch schreiben, in welchem alle existierenden Aufnahmen Berücksichtigung finden und den richtigen Abschnitten des Films passend zugeordnet werden sollen. Falls Überleitungen oder Erklärungen fehlten, mussten diese ebenfalls von Burhan verfasst und passend eingebunden werden. Mit dieser Aufgabe hatte er zwar schon vor einiger Zeit begonnen, die kürzlichen Ereignisse hatten aber eine Beendigung dauerhaft verhindert. Nun war das Leben so weit weg. Das Einzige, woran sich beide klammerten, war das Projekt, das sie gemeinschaftlich begonnen hatten und um jeden Preis beenden wollten. Das und die Gedanken an das Vergangene, das Passierte, das Unwiderbringliche.

Langsam stiegen die Wellen der Erinnerungen. Hadi erinnerte sich an die erste Reportage mit Viyan Amara und eine große Aufregung stieg in seinem Herzen auf.

Wie ein Vulkan, der plötzlich ausbricht und Wellen aus Feuer hervorbringt, war sein Herz erfüllt von Erinnerungen an eine verbotene Liebe. Burhan war die erste Person, die von dieser geheimen Liebesgeschichte erfuhr. Wie ein Verurteilter, der keinen anderen Ausweg mehr wusste, gestand Hadi seine große Liebe zu Viyan.

„Ja, ich habe sie geliebt. Nicht nur als Frau in der Politik, nein. Viyan war für mich wie eine Frau aus Feuer und Schnee, aus Milch und Honig und Mondlicht. Als ich meine Kamera zum ersten Mal auf Viyans schönes Gesicht richtete, war dieses Gesicht nicht in der Kamera, sondern im Zentrum meiner gesamten Wahrnehmung. Ihr Gesicht drang in mein Gehirn, meinen Verstand und mein Blut ein.

An jenem Tag sprach Viyan über viele Themen, Liebe war eines davon. Sie sagte: ´Wir haben die individuelle Liebe durch eine große Liebe ersetzt. Liebe zum Land, zur Revolution, zur Freiheit und vor allem zum Leben. Wir, die dem Tod nahe sind, haben die Angst davor aus unseren Herzen genommen. Für ein freies Leben haben wir unsere Zelte im Herzen des Todes aufgebaut und wir stehen tapfer gegen den Tod und kämpfen gegen ihn. Wir glauben trotz allem an den Sieg´.

Sie beendete ihren letzten Satz mit einem süßen Lächeln.

Es war das erste Mal, dass ich ein Interview so oft zu Hause angesehen und gehört hatte. Jedes Mal sah ich etwas Neues in Viyans Rede. Trotzdem versteckte sich hinter diesem leichten Lächeln eine verborgene Traurigkeit und hinter dieser herzlichen Rede eine tiefe Stille. Ihr Lachen fiel mir auf, als ich die Reportage zum ersten Mal sah, und als ich sie zum zweiten Mal sah, fiel mir ihre Traurigkeit auf.

Außerdem hörte ich das erste Mal ihrer Rede zu und das zweite Mal schwieg ich. Meine Gefühle waren sehr seltsam und neu. So viele Gesichter zogen an meiner Kamera vorbei, doch ich habe noch nie ein so schönes gesehen wie das von Viyan. So viele Stimmen wurden mit meinem Mikrofon aufgenommen, aber keine mit Viyans vergleichbare weiche, seidige, weibliche und wirkungsvolle Stimme war an mein Ohr gedrungen.

Ich wusste, dass sich Viyan, wie alle ihre Freunde, Liebesbeziehungen mit Männern verbot. Ich wusste, dass ich meine große Liebe zu ihr nicht ausleben könnte. Ich wusste, dass es eine sehnsüchtige, schwierige und unerwiderte Liebe sein würde.

Aber ich kam mir vor wie ein Mensch, der sich in die Wellen eines Meeres begab und sich vor dem Wahnsinn der Wellen nicht mehr retten konnte. Der Weg der Entwicklung einer Liebesgeschichte war mir versperrt, aber gleichzeitig war der Rückweg nicht mehr da. Plötzlich erkannte ich, dass das Herz, die Seele, das Gehirn und die Emotionen von den lächelnden Augen der schönen Viyan eingefangen worden waren.“

Hadi bemerkte, dass er erst spät begriffen hatte, dass das, was zwischen ihm und Viyan passierte, nichts als eine stürmische Liebesgeschichte war und dass er mit allen Sinnen fasziniert war. Als er Viyan zum ersten Mal seine Liebe offenbart hatte, war sie nicht verärgert über ihn gewesen, sondern blieb ihm zugewandt und mit einem traurigen Gesicht und einem leichten Lächeln sagte sie ruhig: „So ist es bei mir, erst die Freiheit, dann die Liebe."

„Warum nicht beides zusammen?"

„Leider nicht für uns. Ein unterdrücktes Volk ist wie ein kranker Mensch, es denkt vor allem an den Schmerz seiner Seele und sucht ein Heilmittel dafür. Die dringende Aufgabe für den Patienten ist es, Medikamente zu finden."

„Stimmt, aber Liebe ist auch Medizin."

„Die Medizin, von der du sprichst, gehört einem oder zwei Menschen, und die, von der ich spreche, gehört einer Nation. Sie gehört Millionen von Menschen."

Sie sah Hadi tief in die Augen.

„Wenn ich so denken würde wie du, wäre ich jetzt nicht hier. Wenn das der Fall wäre, hätte ich mein Zuhause und meine Familie nicht verlassen und wäre nicht in die Wüste und in die Berge gegangen."

Hadi senkte mit gebrochenem Herzen den Kopf.

„Ich bin auch der Meinung, dass im Schatten des „Islamischen Staates" keine Setzlinge und Bäume der Liebe wachsen werden."

„Das Problem ist älter und umfassender als dieser gefälschte Staat. Dieser Staat existiert heute und morgen und er wird zerstört werden und verschwinden, aber die größte Bedrohung geht von den Staaten aus, die diesen Islamischen Staat hinter den Kulissen unterstützt haben und dies noch immer tun."

Hadi dachte über ihre Gespräche nach. Er verglich auch ihre Augen, bevor und nachdem er seine Liebe zu ihr bekannt hatte. Obwohl sie ihm nicht klar geantwortet hatte, erkannte er aus dem Leuchten, das aus ihren Augen kam, dass auch sie mit dieser Liebe glücklich war.

Obwohl sie so tat, als hätte sie nichts von dieser Liebe gehört oder gewusst, sagten die Farbe und das Funkeln ihrer Augen und sogar das Lächeln auf ihren Lippen etwas anderes.

Hadi beendete sein Geständnis einer Liebe, die er die erste und die letzte in seinem Leben nannte, mit Tränen in den Augen. „Ich werde ihren letzten Tag in Kobane nie vergessen. Sie hatte ihre Teilnahme am Kampf an der Kriegsfront bewusst verschoben, um mich zu treffen. Als ob sie gewusst hätte, dass dies unser letztes Treffen sein würde.

Die Röte ihres Gesichts und der Glanz ihrer Augen hatte an diesem Tag zugenommen. Sogar das Lächeln auf ihren Lippen wich einer versteckten Traurigkeit.

Als sie sagte: ′Pass auf dich auf′, und gehen wollte, sagte ich ihr, dass wir auf ihre Rückkehr warten würden. Ihre Antwort war: ′Menschen wie ich sind wie Vögel. Ich bin ein Vogel, ich werde in jedem Himmel sein, wo auch immer meine Anwesenheit erwünscht ist. Also warte nicht auf meine Rückkehr.′ Sie verabschiedete sich und ging schnell. Vielleicht wusste sie, dass sie nicht zurückkommen würde, aber ich konnte nicht glauben, dass das Leben ohne sie und Menschen wie sie weitergehen könnte."

Hadi, als würde er mit sich selbst sprechen, begann sich über das Schicksal zu beschweren:

„Es gibt keine Gerechtigkeit in diesem Leben. Wie kann die Zeit der Mörder auf dieser Erde länger sein als die der Engel? Dieses Leben, in dem Menschen wie Viyan mit einer billigen Kugel sterben müssen und verschwinden, während die anderen überleben und weiterleben dürfen, kann mein Verstand nicht fassen."

Hadi nahm seine Kamera und suchte nach Spuren von Viyan, als würde er etwas Verlorenes suchen. Er wollte die Momente, von denen er sprach, mit all seinen Gefühlen und Bildern noch einmal erleben. Aber er blieb vor dem Foto von Rodi und Perwin stehen, das er an ihrem Hochzeitstag gemacht hatte:

„Ich habe diese Hochzeit genossen. Ich genoss das helle Leuchten der Seelen der Braut und des Bräutigams. Sie feierten ihre Hochzeit in den zerstörten Häusern und Ruinen, die der Islamische Staat hinterlassen hatte.

Zu der Zeit suchten meine Augen mehr als an jedem anderen Tag nach Viyan, doch ich konnte sie nicht finden. Dies beschäftigte mich sehr. Ich wusste, dass sie ebenfalls hier begraben war. War Viyan denn selbst jetzt noch für mich unerreichbar, wie sie es auch im Leben schon war? Meine Freude war nicht vollständig und alles blieb brüchig und unvollendet. In diesen Jahren verwandelte sich dieses Land in einen Friedhof für Liebesgeschichten, die dem Islamischen Staat zum Opfer fielen und in der Farbe seiner tiefschwarzen Flagge gefärbt wurden."

Hadi wandte sich an Burhan und fragte ihn, als würde er aus einem Traum erwachen: „Welche Erinnerung hast du vergessen?"

Burhan wusste nicht mehr, von welcher Erinnerung er sprach. Also wollte er wissen: „Wovon redest du?"

„Unser letzter Tag im Leben. Ich hätte meine Kamera gerne in die Augen des Mörders gehalten, der mich und dich erschossen hat. Ich wollte wissen, was sie in diesen Momenten des Mordes empfanden. Die Emotionen der Menschen sind in ihren Augen sichtbarer als anderswo. Aber leider war der Tod schneller als die Kamera."

Nicht nur Hadi, sondern auch Burhan wurde jetzt durch das Erzählte an etwas schon Vergessenes erinnert. Er erinnerte sich noch einmal an die Ereignisse jener Morgendämmerung wie an einen Film. Als sie an jenem unheilvollen Morgen vom Lärm der Menschen und dem Knall der Schüsse aufgeweckt worden waren, eilten die beiden gemeinsam zur Tür hinaus und wollten ihrem Nachbarn helfen.

Sie wurden aber getötet, bevor sie verstehen konnten, was los war und wer wen umbrachte. Auf diese Weise waren ihre Geschichten und die aller Menschen in der Morgendämmerung fast gleich. Es war der Beginn des Mordens. Das Töten, das so plötzlich kam wie Regen, der vom Himmel herabregnete und niemanden verschonte. Es war Hadi und Burhan bewusst, dass sie nicht mehr lebten und sie über die Pläne und Projekte sprachen, die eigentlich Lebenden vorenthalten waren. Hadi sagte mit traurigem Gesicht: „Wir müssen zugeben, dass die Toten keine Filme machen können."

Burhan nickte und schüttelte dann den Kopf: „Du hast Recht. Aber wir können diese Arbeit einigen Lebenden übergeben."

Hadi verstand nicht ganz.

„Was meinst du?"

„Wir werden alle Reden und Texte den zuständigen Personen übergeben und sie diese Arbeit erledigen lassen."

Hadi, als ob er etwas gesehen hätte, sagte aufgeregt: „Das stimmt. Der beste Ort, um dieses Filmmaterial in fähige Hände zu legen, ist die Bibliothek von Rodi und Perwin!"

Er erinnerte sich an Cihans Worte. Sie hatte einmal gesagt, sie lebe, um die Geschichte derer zu erzählen, die gegangen waren, und um alle ihre Geschichten fühlen zu lassen.

In einer mondlosen Nacht legten sie alle Berichte und Dokumente zu treuen Händen an Cîhans Tür und kehrten zu ihren Gräbern zurück. Sie schlossen die Tür ihrer Gräber und fielen in einen ewigen Schlaf.

Am nächsten Tag brachte Cihan die Materialien, die vor ihrer Tür lagen, in die Bibliothek, gab ihnen dort einen besonderen Platz und verwahrte sie zusätzlich sicher in ihrem Herzen. In diesen Momenten mischten sich die Freudenschreie der Frauen und Kinder mit den Schreien der Männer, und alle versammelten sich in einem Haus im Zentrum der Stadt. Dorthin gingen alle, die Toten, die Lebenden und die zwischen Tod und Leben. Unterwegs fragte einer den anderen: „Was ist passiert?"

„Kobane bringt ein Kind zur Welt."

Der Fragende lachte über die Antwort.

„Das ist das erste Mal, dass ich höre, dass eine Stadt ein Kind zur Welt bringt."

Aber eine weitere schnelle Antwort stoppte sein Lachen.

„Kein Wunder, die Frau, die gebären wird, heißt Kobane."

Zwischen den Überresten von Kriegen und Konflikten, zwischen den Schmerzen und Leiden dieser Stadt, vor diesem Haus, waren Gespräche wie die folgenden, in aller Munde:

„Ich habe noch nie in meinem Leben eine so schwere Schwangerschaft und eine so komplizierte Geburt gesehen."

„Wird diese Frau zum ersten Mal gebären?"

„Ja, das erste Kind wird in Kobane geboren."

Alle warteten auf die gute Nachricht. Alle warteten auf die Ankunft des Kindes, als wäre es sein eigenes. Ihre Diskussionen über den Namen gingen weiter, obwohl es noch nicht geboren war.

„Wird es ein Junge oder ein Mädchen?"

Das Warten dauerte etwas länger, aber alle Augen warteten auf die Ankunft des neuen Kindes.

DAS ENDE

Danke!

Danke an Zilan Hemo und Cihan Hasan, die mir all die Erfahrungen und Geschichten gebracht und mir voller Vertrauen ihr Herz geöffnet haben. All das ist zum großen Teil in diesen Roman eingeflossen. Ich bin auch den beiden jungen Märtyrern Rodi und seiner Schwester Gulistan dankbar, die mich Ende 2014 getroffen und darüber gesprochen haben, diesen Roman zu schreiben, ohne zu wissen, dass sie selbst Gegenstand davon sein würden.

Im Sujet erschienen

99 zerstreute Perlen

von Halim Youssef

Aus dem Kurdischen übersetzt von Barbara Sträuli.

Roman
2. Aufl. 2024; 261 Seiten; 19,80 €
Softcover mit Klappen
ISBN: 978-3-96202-134-4

„Alles endete mit dem Schlag des scharfen Eisens, das auf seinen Kopf niederfuhr. Die Träume waren zu Ende. Hoffnung blieb keine. Das Augenlicht erlosch. Sehnsüchte zerstoben."
Der Mord an Azado, der aus Syrien stammt und als Übersetzer in Deutschland lebt, bildet den Ausgang des Romans. Er übersetzt für Flüchtlinge aus seiner Heimat und wird so mit unterschiedlichsten Schicksalen konfrontiert, die ihn an sein eigenes erinnern. Azados schwierige Kindheit, die Sehnsucht nach seiner Mutter, die bei seiner Geburt starb, seine erste, unerfüllte, Liebe und die Ängste und Probleme von Geflüchteten vertraut er seinem Tagebuch an. Azado versucht, sich in seiner neuen Heimat zurechtzufinden, aber sein Beruf als Übersetzer macht das Ganze spannungsreich. Seine Vergangenheit lässt ihn nicht los. Sie wird auch durch die Gebetskette mit den 99 Perlen symbolisiert, die er von seiner ersten Liebe erhält und die ihn das ganze Leben lang begleitet.

„Es ist ein Buch, das jeder lesen sollte, der ein authentisches Bild zur Lage der Kurden, zur Flüchtlingspolitik und zur Situation von Migranten bekommen möchte." - Dr. Heiger Ostertag – (Lovely Books)

Leben in der Schwebe

von Atef Abu Saif

Aus dem Arabischen von Hartmut Fähndrich

Erzählung
1. Aufl. 2025; Softcover mit Schutzumschlag
456 Seiten; 22 €
ISBN: 978-3-96202-143-6

Der etwa 60 jährige Naîm ist Inhaber eines Copy-Shops, in dem Poster von Gefallenen („Märtyrern") produziert werden. Als er im Jahr 2011 durch einen Blindgänger getötet wird, entsteht zwischen seinem Sohn Salmân, und seinem Neffen Nasr, eine Debatte, ob Naîm Held oder Opfer ist – eine Grundsatzdebatte, die das ganze Buch durchzieht.
Später kommt es zu heftigen Zusammenstößen zwischen der Bevölkerung des Lagers und der Gaza-Verwaltung, als es um die Bebauung des Hügels geht, auf dem u.a. Naîms Haus steht. Diese Zusammenstöße zeigen den Versuch der Gesellschaft, sich gegen die wachsende Machtclique zu wehren, die sich nicht scheut, auch die Religion mittels mehr oder weniger Gewalt in ihre Dienste zu nehmen.

Der Roman ist ein interessantes und eindrucksvolles „Dokument" des Palästina-„Problems" vom besonderen Blickwinkel des Gazastreifens aus.

Atef Abu Saif 1973 in einem Flüchtlingscamp in Dschabaliya am Gazastreifen geboren, ist Forscher am Europäischen Hochschulinstitut in Florenz, ehemaliger palästinensischer Kulturminister (2019 – 2024) und Schriftsteller. Er lehrte Politikwissenschaften an der Al-Azhar Universität in Gaza und ist Chefredakteur für das Magazin Siyasat, herausgegeben vom Institut für öffentliche Politik in Ramallah. Als Autor veröffentlichte er bereits zahlreiche Romane, die teilweise in mehrere Sprachen übersetzt wurden. Seine Romane „A Suspended Life" (dt. „Leben in der Schwebe") (2014) und „Hajji Christina" (2016) standen beide 2015 und 2016 in der engeren Auswahl des International Prize for Arabic Fiction.

Sankofa

von Doğan Akhanlı

Aus dem Türkischen von Recai Hallaç

Erzählung
1. Aufl. 2024; Hardcover mit Schutzumschlag
563 Seiten; 29,80 €
ISBN: 978-3-96202-102-3

Der Roman fängt in einer kleinen anatolischen Grenzstadt an und endet in den USA. Dabei werden Brücken geschlagen zwischen den verschiedensten Orten der Welt, zwischen der Gewalt in der Vergangenheit und der Gegenwart. Beim Lesen empfindet man die Geschichte nicht als etwas bereits Überwundenes, sondern man empfindet sich mitten in der Geschichte – und mitten in der Welt. Denn: die vielbeschworene "Erinnerungskultur" wird hier nicht in Bezung auf ein Land, sondern transnational weiterentwickelt. Jedes der vier Bücher, die Sankofa ausmachen, lassen uns in ein anderes Land, in eine andere Zeit, in andere Protagonisten hineinfühlen. Und auch begreifen, dass weder die Rolle des Täters unveränderlich zementiert ist noch die des Opfers.

„Doğan erzählt von echten Menschen, von komplexen Charakteren, die zum Spielball von Politik und Geschichte werden, die Grauenhaftes durchleben müssen und dabei eine Gemeinsamkeit, einen gemeinsamen Nenner haben, der sie trotz aller Unterschiede eint: Sie bewahren sich ihre Menschlichkeit.""- Gerrit Wustmann, 54books.de

Doğan Akhanlı, 1957 in der Türkei geboren und im Oktober 2021 in Berlin gestorben, hat zahlreiche Romane und ein Theaterstück verfasst.
1991 kam er als politischer Flüchtling nach Deutschland. Seit 1992 lebte er in Köln, später in Berlin. Sein Kernthema ist die Auseinandersetzung mit den Genoziden des 20. Jahrhunderts. Aufgrund seiner politischen Haltung war er mehrfach in der Türkei inhaftiert und zuletzt aufgrund eines türkischen Haftbefehls 2017 in Spanien, worüber er das Buch Verhaftung in Granada schrieb.
Die Tage ohne Vater (dt. 2016) und Madonnas letzter Traum (dt. 2019) wurden zu den wichtigsten Romanveröffentlichungen der Türkei gewählt. 2013 erhielt er den Pfarrer-Georg-Fritze-Preis in Köln, 2018 den Europäischen Toleranzpreis in Österreich und 2019 die deutsche Medaille.

Versteh einer die Deutschen

von Taqi Akhlaqi

Aus dem Persischen von Jutta Himmelreich

Erzählung
2. Aufl. 2024; Softcover mit Schutzumschlag
275 Seiten; 19,80 €
ISBN: 978-3-96202-135-1

Im Jahr 2016 kam, neben vielen Schutzsuchenden, auch ein Schriftsteller aus Afghanistan nach Deutschland. Ein Arbeitsstipendium des Vereins Heinrich-Böll-Haus Langenbroich führte Taqi Akhlaqi in die Stadt Düren.
Vor dieser Reise hatte er Europa nur im Spiegel seiner Literatur und Kunst gesehen und kannte Deutschland durch dessen Schriftsteller und Philosophen. Er verließ Kabul deshalb mit vielen schönen Vorstellungen von dem, was ihn in Deutschland erwarten würde. Unter anderem war er überzeugt, dass Deutsche, auf der Straße freundlich angesprochen, ihm aus dem Stegreif Zeilen aus Also sprach Zarathustra aufsagen könnten.

„Seine Texte erzählen von Flucht, Exil und roher Gewalt, stellen diese Momente aber immer in eine Perspektive, die den reinen Schockeffekt bricht und dahinter den – für uns – unbekannten Kontinent der Lebenswelt sichtbar macht, in der sich solche Schicksale abspielen.[...]"- Angela Schader, Berliner Künstler Programm

Taqi Akhlaqi, 1986 in Afghanistan geboren, wanderte als Kind mit seiner Familie in den Iran aus, wo er zur Schule ging. 2004 kehrte er mit seiner Familie nach Afghanistan zurück, und studierte internationale Beziehungen an einer privaten Universität in Kabul. Seine Liebe zur Literatur hat ihn in den letzten zwanzig Jahren zum Lesen und Schreiben bewegt und ihm geholfen, die Kriegsbedingungen in Afghanistan zu überleben. Für sein belletristisches Werk erhielt er eine Reihe von Preisen und Anerkennungen. Sein Debütroman „Kabul 1400" (im Original auf Farsi/Dari geschrieben), ist im August 2023 beim Borj Verlag im Iran erschienen. 2018 erschien seine Kurzgeschichtensammlung „Aus heiterem Himmel" bei der Edition

Der Großcousin
von Nassir Djafari

Roman
2. Aufl. 2024; Softcover mit Klappen
255 Seiten; 19,80 €
ISBN: 978-3-96202-136-8

Abbe, 62 Jahre alt, erfolgreicher Frankfurter Geschäftsmann und Kosmopolit, empfindet sich selbst als Deutscher. Seine iranischen Wurzeln sind verschüttet. Als ihn eines Tages ein entfernter Verwandter, soeben aus dem Iran eingetroffen, aufsucht, gerät sein Leben durcheinander. Der Besucher ist undurchschaubar, verwickelt sich in Widersprüche und stolpert von einer Notlage zur nächsten. Bald kreist Abbes Leben nur noch um die Probleme des Verwandten. Erst nach und nach erschließt sich ihm die wahre Geschichte des jungen Mannes, und er beginnt ihn und sich selbst mit anderen Augen zu sehen.

„Von der ersten Seite an ein atemlos spannender Roman, der die Situation im Iran, Flucht, Exil und nicht zuletzt die Kraft familiärer Bindungen verhandelt." - Daniela Neuenfeld-Zvolsky, ekz Bibliotheksservice

Nassir Djafari, 1952 im Iran geboren, lebt seit seinem fünften Lebensjahr in Deutschland. Er studierte in Frankfurt Volkswirtschaftslehre und war in verschiedenen Funktionen in der deutschen und internationalen Entwicklungszusammenarbeit tätig. Djafari hat zahlreiche Fachartikel und Buchbeiträge über die wirtschaftlichen und politischen Herausforderungen in Entwicklungs- und Schwellenländern verfasst. ***Eine Woche, ein Leben*** ist sein erster Roman.

Symphonie der Toten
von Abbas Maroufi

Aus dem Persischen
von Anneliese Ghahraman-Beck

3. Auflage 2024; Hardcover
523 Seiten; 24,80€
ISBN: 978-3-96202-040-8

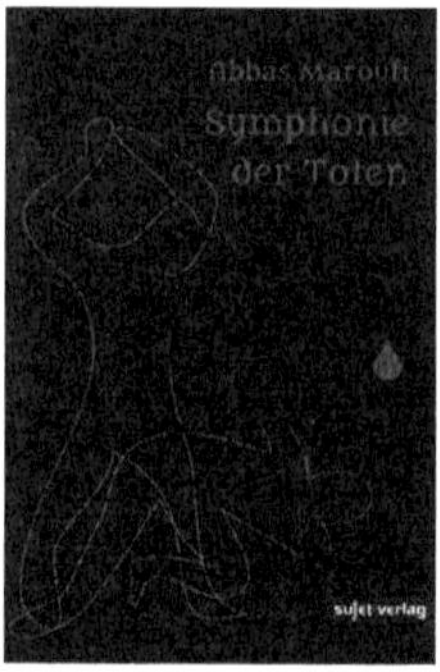

Während Aidin mit Rebellion auf die Strenge des Vaters reagiert, zeigt sich sein Bruder Urhan gefügig. Die zwei grundverschiedenen Söhne führt die familiäre Bindung unter dramatischen Umständen wieder zusammen. Kaum leben sie beide wieder im Elternhaus, steigen die Spannungen zwischen ihnen. Unter anderem sind Tradition und Fortschritt die zentralen Themen von Abbas Maroufis Familiendrama, welches Parallelen zu Kain und Abel aufweist. 2021 konnte die erstmals 1989 erschienene Symphonie der Toten im Sujet Verlag neu publiziert werden.

„Abbas Maroufi hat mit der „Symphonie der Toten" einen durch und durch persischen Roman geschrieben, trotz oder gerade wegen seiner Verwendung auch westlicher Stilmittel, die sich auf das glücklichste mit den Elementen der persischen Literaturtradition verbinden.[...]"- Frankfurter Allgemeine Zeitung

Abbas Maroufi wurde 1957 in Teheran geboren. Er studierte an der Universität Teheran Dramatische Literatur. 1990 gründete Maroufi die Zeitschrift *Gardun* (Himmelsgewölbe), eine Publikation über Literatur und Zeitgeist, die auch kritische Töne anklingen ließ. Die Zeitschrift wurde jedoch schon bald verboten. 1996 wanderte Maroufi nach Deutschland aus. Heute lebt er mit seiner Familie in Berlin, wo er die Buchhandlung *Hedayat* gegründet hat.

Söhne der Liebe

von Ghazi Rabihavi

Übersetzt aus dem Persischen von Gorji Marzban & Thomas Geldner

Roman
2. Aufl. 2023; 500 Seiten; 26,80 €
Hardcover mit Schutzumschlag
ISBN: 978-3-96202-101-6

Gleichgeschlechtliche Liebe im Iran, Aufbegehren gegen überkommene Traditionen und Rollenklischees, Unterdrückung der politischen Opposition, Verfolgung Andersdenkender, die Gefahren der Flucht sowie Ausbeutung und Rechtlosigkeit im erzwungenen Exil, Polizeigewalt, Willkür und Folter – all diese Themen vereint der bewegende Roman Söhne der Liebe von Ghazi Rabihavi. Anhand der Geschichte von Nadji und Djamil zeichnet der Autor ein beklemmendes Bild vom Iran zu Zeiten der islamischen Revolution bis zum Ausbruch des Krieges mit dem Irak. Der seit 1995 im Londoner Exil lebende Rabihavi nimmt die Leserschaft mit auf eine erschütternde wie auch fesselnde Reise in das angespannte und explosive Klima des vorrevolutionären Iran. Gezwungen, die zunehmende Aussichtslosigkeit der sie einengenden Umgebung ihres südiranischen Dorfes zu verlassen, begeben sich die Protagonisten Nadji und Djamil in die nächstgrößere Stadt und schließlich als illegale Einwanderer ins Nachbarland. Auf ihrer Flucht begegnen sie verschiedenen marginalisierten Bevölkerungsgruppen, deren Lebensgrundlagen im Zuge der intensiven gesellschaftlichen Umwälzungen massiv erschüttert
werden und die ihren Platz in den neuen sozialen und politischen Verhältnissen erst finden müssen. Söhne der Liebe, ins Deutsche übertragen von Gorji Marzban und Thomas Geldner, beleuchtet einen Wendepunkt in der Geschichte des Iran und greift zugleich universelle Fragen auf, die bis heute nichts an Relevanz eingebüßt haben.

„Literarisch anspruchsvoll und gerade wieder aktuell." - Rouven Hans, EKZ